Nur nicht so pingelig …

Hubert C. Siebert

Nur nicht so pingelig …

Provokantes und Amüsantes

zu Alltagsthemen

Bibliografische Information Der Deutschen Bibliothek:
Die Deutsche Bibliothek verzeichnet diese Publikation in der Deutschen
Nationalbibliografie; detaillierte bibliografische Daten sind im Internet über http://dnb.
ddb.de abrufbar.

© 2006 Siebert, Hubert C.
Nur nicht so pingelig ....
Provokantes und Amüsantes zu Alltagsthemen
Satz, Umschlagdesign, Herstellung und Verlag: Books on Demand GmbH, Norderstedt
ISBN 10: 3-8334-4644-7
ISBN 13: 978-3-8334-4644-3

Vorwort

Der Autor dieses Büchleins lebt seit geraumer Zeit im »echten« Ruhestand. Er hat seitdem, so meint er, für viele Dinge Zeit, die ihn während des Berufslebens nur »peripher tangierten«, um einmal anstelle des heute üblichen »Denglisch« eine andere beliebte Ausdrucksweise zu wählen.

Mit Hilfe von Werkzeugen der modernen Kommunikationstechnologie hat er irgendwann begonnen, täglich aufgenommene Nachrichten aus seiner Sicht zu verarbeiten und niederzuschreiben. Damit verband er nicht nur die Absicht, seine eigene Meinung dazu irgendwann zu verbreiten und für sie zu werben, sondern er erhoffte sich außerdem nützliche Auswirkungen auf das in seinem Alter häufig genug beginnende Nachlassen des Erinnerungsvermögens und der Ausdrucksfähigkeit, kurz, er sah diese Arbeit auch als Mittel zur Erhaltung von mentaler Fitneß.

Die »Schriftstellerei« begann jedoch nicht mit diesem Bändchen, sondern bereits mit der Arbeit für die Herausgabe des Buches »**Allerlei Unzensiertes – Leserbriefe zu Tagesthemen**«, das 1999 erschien. Hierbei handelte es sich um eine Zusammenfassung persönlicher Ansichten zum täglichen Geschehen in der Politik, der Wirtschaft und der Gesellschaft, die er auf den Leserbriefseiten verschiedener Zeitungen, dieser »Hyde Park Corner« der Presse, zum Ausdruck bringen wollte. Mit diesen überwiegend gelungenen, d.h. tatsächlich abgedruckten Briefen, aber auch mit einigen hypothetischen wollte er sich aus der schweigenden Mehrheit lösen und seine Gedanken einer größeren Öffentlichkeit vorstellen.

In dem hier vorliegenden Büchlein ist dieser Gesichtspunkt variiert worden, indem nun interessierende Themen und Ereignisse nicht mehr breit dargestellt, zurückgewiesen, variiert usw. werden, sondern mehr schlagwortartig abgehandelt und einer Kritik unterzogen werden, die – zugegebenermaßen – häufig ätzend ist – und das durchaus mit Absicht.

Durch die regelmäßige Befassung mit der Darstellung gesellschaftlicher Probleme in den Medien haben sich häufige Enttäuschung und Verärgerung gegen die Wortführer – im weitesten und doppelten Sinne – ergeben, die Anlaß für den Versuch sind, den Leser dieses Buches zu ermuntern, sich kritisch mit dem Geschehen in unserem Lande zu befassen und aufmerksam die vielfältigen Versuche zu beobachten, mit denen man uns ein X für ein U vormachen will

Die in diesem Buch abgedruckten, meist nur kurzen Bemerkungen könnte man auch als Marginalien zum Tagesgeschehen bezeichnen.

Es wurde lange überlegt, ob die sachlich und zeitlich ungeordnet zustande gekommenen Aussagen nach Sachgebieten unterteilt werden sollten. Diese Absicht wurde jedoch fallengelassen in der Überlegung, daß die gewisse Wahllosigkeit und das Fehlen einer bestimmten Reihenfolge dem Verständnis zwischen Autor und Leser förderlicher und wohl auch kurzweiliger sein würde.

Ein Wunder, daß noch Leute leben, die folgendes in ihrer Jugend – und auch danach – durchgemacht haben:

- Sie saßen – wenn überhaupt – in Autos ohne Sicherheitsgurte und ohne Airbags.
- Die Kinderbettchen waren bunt angemalt mit Farben, die Schwermetalle und schlimme Lösungsmittel enthielten. Türen und Schränke waren eine ständige Bedrohung für ihre kleinen Fingerchen.
- Die Hustensaft-Fläschchen aus der Apotheke konnten sie ohne Schwierigkeiten öffnen, denn sie hatten keinen Sicherheitsverschluß – ebenso wenig wie die Bleichmittel aus dem Supermarkt.
- Auf dem Fahrrad trugen sie nie einen Helm.
- Sie tranken Wasser aus Wasserhähnen und nicht aus Flaschen.
- Sie bauten Wagen aus Seifenkisten und entdeckten während der ersten Fahrt den Hang hinunter, daß sie die Bremsen vergessen hatten. Damit kamen sie nach einigen Unfällen trotzdem klar.
- Sie verließen morgens das Haus zum Spielen, blieben den ganzen Tag weg und mußten erst zu Hause sein, wenn die Straßenlaternen angingen. Niemand wußte, wo sie in der Zwischenzeit waren, denn sie hatten nicht mal ein Handy dabei!
- Sie haben sich beim Spielen geschnitten, die Knie abgeschürft, die Knochen gebrochen oder Zähne verloren. Aber niemand wurde deswegen verklagt. Es waren eben normale Unfälle. Es wurde kein Schuldiger gesucht, denn sie betrachteten sich einfach selbst als schuld daran. Keiner fragte nach »Aufsichtspflicht«, »Haftung« oder »Rechtsschutzversicherung«.
- Sie prügelten sich, kämpften und schlugen einander manchmal bunt und blau. Und sie vertrugen sich von selbst wieder – ohne »Gewaltvermeidungskonzepte« und »Streitschlichterprogramme«.

- Die Mädchen mußten sich auch ohne Koedukation und Selbst-
  behauptungskurse entwickeln; es gab keinen Frauenfußball
  und kein Frauenboxen.
- Die Sonnenfinsternis betrachteten sie durch eine Glasscherbe,
  die sie mit Ruß geschwärzt hatten, und wurden nicht blind davon.
- Sie aßen Kekse, Brot dick mit Butter bestrichen, tranken sehr
  viel und wurden trotzdem nicht zu dick. Sie tranken mit ihren
  Freunden aus einer Flasche und niemand starb an den Folgen.
- Wie armselig mußten sie ihre Freizeit gestalten: Ohne 96 Fern-
  sehkanäle, Playstation, Nintendo, Videospiele, Videofilme,
  ‚Surround Sound‘, eigene Fernseher, eigene Computer, CD-
  Brenner und Internet.
- Aber sie hatten Freunde. Sie gingen einfach raus auf die Straße
  und trafen sie dort. Oder sie marschierten einfach zu deren
  Wohnung und klingelten. Manchmal klingelten sie gar nicht
  erst, sondern gingen einfach hinein, ohne Terminabsprache
  und ohne Wissen ihrer Eltern. Keiner begleitete sie hin und
  wieder zurück.
- Sie redeten persönlich miteinander und mußten auf SMS, Chat-
  rooms und E-Mails verzichten.
- Sie mußten überhaupt auf vieles verzichten: Auf eigenen Walk-
  man, DVD-Player und Handy. Sie mußten selbst spielen, selbst
  sprechen, selbst schreiben und selbst zuhören.
- Überall mußten sie zu Fuß hingehen: Zum Sportverein, zum
  Musikunterricht, zum Ballett oder zum Reiten. Kein Elternau-
  to brachte sie hin oder holte sie wieder ab.
- Beim Straßenfußball durfte nur mitmachen, wer gut war. Wer
  nicht gut war, mußte lernen, mit Enttäuschungen klarzukom-
  men.
- Wer in der Schule frech war oder den Unterricht störte, bekam
  auch schon mal einen Klaps. Die Lehrer brauchten dafür von

den Eltern keine Anzeige wegen Körperverletzung zu befürchten, sondern ernteten Zustimmung.
- Manche Schüler waren nicht so schlau wie andere. Sie rasselten durch Prüfungen und wiederholten Klassen. Das führte nicht zu Elternprotesten, Dienstaufsichtsbeschwerden oder gar zur Änderung der Leistungsbewertung.
- Mangelhafte Leistungen wurden knallhart formuliert: »Die Rechtschreibleistungen von Fritz sind ungenügend.« Ob man den heutigen Satz »Friedrich hat in differenzierenden Aufgabenstellungen im Rechtschreibunterricht manchmal ausreichende Leistungen erbracht« überhaupt verstanden hätte?
- Ihre Taten hatten Konsequenzen. Das war allen klar und keiner konnte sich verstecken. Wenn einer als Ladendieb erwischt wurde, gab es ein Verfahren. Die Eltern griffen nicht die Polizei an, sondern »vermöbelten« ihre Sprößlinge.
- Im zarten Alter von 14 oder 15 mußten sie ihre Lehrstellen antreten. Sie nannten sich »Lehrlinge« und mußten lernen, daß Lehrjahre keine Herrenjahre sind.

Wie war das alles nur möglich? Wie konnte diese Generation Deutschland nach dem Krieg wieder aufbauen, wo sie doch mit soviel Freiheit, Mißerfolg und Verantwortung allein umgehen mußte?
Gehören Sie auch zu dieser Generation? Und Sie leben noch? Dann herzlichen Glückwunsch!

Noch beklemmender wird die Frage wie Sie – falls Sie Angehöriger dieser Generation sind – es ertragen haben, während dieser Kindheit oder Jugend auch noch Krieg, Hunger und Bombennächte erdulden zu müssen.

Haben Sie eine traumatologische Behandlung erhalten? Hat man Ihnen Ihre Alpträume vergütet? Sind Sie vom Weißen Ring aufgefangen worden? Durften Sie, als Heimatvertriebener z.B., erst »Schnupperreisen« in den Westen vornehmen? Ist Ihre Familie psychologisch betreut worden, als Sie an die Front mußten?

Soll ich fortfahren oder wissen Sie, was ich meine?

✱✱✱

Manchmal bin ich froh, schon so alt zu sein! Warum? Weil mich viele Entwicklungen nicht mehr betreffen werden. So zum Beispiel denke ich, daß während meiner Restlebenszeit

- es nicht mehr Gesetz wird, homosexuell sein zu müssen,
- die Krankenversicherungen noch funktionieren und es noch Ärzte gibt,
- Kunst nicht nur noch aus »Installationen«, »Happenings« oder solcher »Kunst« besteht, die umfangreicher Erläuterung bedarf,
- bei Opernaufführungen wenigstens die Musik des Komponisten zu erkennen bleibt,
- auch noch einige Deutsche in Deutschland leben werden, die auch noch deutsch sprechen können,
- nicht die Mehrheit der Deutschen die Mauer wieder haben will,
- ich nicht auch als Rentner arbeitslos (oder gar erwerbslos?) werde,
- »lebenslänglich« nicht <u>generell</u> heißt, nach 15 Jahren wieder frei zu sein,
- Tierschutz nicht wirklich wichtiger wird als »Menschenschutz«,
- nicht auch noch das Vorhandensein einer Regentonne Pflicht

wird nebst zentraler Tankwagenabfuhr wegen des Wassermangels in anderen Teilen der Erde,
- nur noch 1-Liter-Autos hergestellt werden dürfen, in denen nur noch eine Person liegend fahren kann,
- die erlaubte Geschwindigkeit in geschlossenen Ortschaften auf 20 km/h herabgesetzt wird, weil dadurch die Zahl der Verkehrsopfer noch niedriger zu werden verspricht als bei 30 Stundenkilometern,
- die Türkei nicht Mitglied der EU wird.

Man könnte dieses Buch fast voll kriegen mit diesen Hoffnungen. Hoffentlich sind sie auch realistisch.

Den folgenden Auszug aus einem »Eingesandt« in einer anderen Zeitung möchte ich den Lesern nicht vorenthalten. Es geht um alle, die vor 1945 geboren wurden:
»Wir wurden vor Einführung des Fernsehens, des Penicillins, der Tiefkühlkost … geboren und kannten weder Kontaktlinsen noch die Pille …
Wir waren schon da bevor es Radar, Kreditkarten, Kernspaltung und Kugelschreiber gab …
Es gab noch keine Geschirrspüler, Wäschetrockner und Last-Minute-Flüge …
Wir haben erst geheiratet und dann zusammengelebt …
Wir waren da, bevor es den »Hausmann«, computergesteuerte Ehevermittlung, Emanzipation und Pampers gab …
Wir sind auch die letzte Generation, die so dumm ist zu glauben, daß eine Frau einen Mann heiraten muß, um ein Baby zu bekommen …

Wir mußten alles selber tun ….
Dies alles haben wir getan oder über uns ergehen lassen müssen. Wen
wundert es da, daß wir manchmal schon etwas konfus sind und eine
tiefe Kluft zwischen uns und der Generation unserer Kinder fühlen?

Die andere Seite der Altersbefindlichkeit:

<u>Von den »Segnungen« des Alterns</u>

Ich treffe wen und nicke,
weil er mich freundlich grüßt.
Wenn ich, Du meine Güte,
nur seinen Namen wüßt'?
Wie heißt er nur, ich kenn ihn doch,
wie war denn nur sein Name?
Ich forsche, sinne, denke nach,
nichts rührt sich da zu meiner Schmach.
Da sag ich mir ganz still und leise:
„Das Alter kommt auf seine Weise!«

Vom dritten Stock steig ich herunter,
geh auf die Straße froh und munter,
da plötzlich frag ich mich verdrossen,
hab ich die Tür auch abgeschlossen?
Drauf könnt ich schwören einen Eid!
Steig wieder hoch, zu meinem Leid.
Da sag ich mir ganz still und leise:
„Das Alter kommt auf seine Weise«.

Brauch ich mal etwas aus dem Schrank,
der gut gefüllt ist, Gott sei Dank,
hab ich geöffnet kaum die Tür,
da frag ich mich:„Was wollt ich hier?«
Verstört bin ich, daß in Sekunden
das, was ich vorhat', ist entschwunden.
Da sag ich mir ganz still und leise:
„Das Alter kommt auf seine Weise!«

Benütz ich mal das Bügeleisen
und geh im Anschluß dann auf Reisen,
drei Wochen bang ich, ungelogen,
hab ich den Stecker rausgezogen?
Steckt der noch etwa in der Wand?
Ist gar das Haus schon abgebrannt?
Da sag ich mir ganz still und leise:
„Das Alter kommt auf seine Weise!«

Zum Frühstück nehm' ich drei Tabletten,
die sollen mein Gedächtnis retten.
Ich frag mich plötzlich ganz beklommen:
»Hab ich sie wirklich eingenommen?«
Ja, ist mein Denken denn noch dicht?
Denn zweimal nehmen darf ich nicht.
Da sag ich mir ganz still und leise:
„Das Alter kommt auf seine Weise!«

So geht es fort mit vielen Sachen,
die mir die Jahre spürbar machen.
Jedoch, ich will es nehmen leicht,
hab einst doch mancherlei erreicht!!

Blick' gern auf viele Jahr' zurück,
und auch das Alter schenkt mir Glück.
Muß nicht mehr dem Erfolg nachjagen,
kann friedlich umgeh'n mit den Tagen,
kann reisen, wann ich will, kann bleiben,
mit nichts und allem meine Zeit vertreiben,
kann Sympathie verstreuen, Freundschaft hegen.
Mich selbst und mein Wehwehchen pflegen.
Mir geht's so gut, daß ich zum Schluß
mit Nachdruck diesmal sagen muß:
                    »Altsein ist auch ein Genuß.«

***

Noch ein Gedicht, als Trost für die deutlich Jüngeren gedacht, die sich jedoch auch schon zu grämen beginnen.

Sechzig – Sechzig!
Es lichtet auf dem Haupte das Geflecht sich,
so mancher Zahn erweist als nicht mehr echt sich
und auch das Augenlicht allmählich schwächt sich –
Sechzig – Sechzig!

Auch wenn man fühlt im Teich als toller Hecht sich,
die Zeit ist um, wo straflos man bezecht sich,
ja mancher Überschwang sehr rasch nun rächt sich –
Sechzig – Sechzig!

Man fühlt behämmert wie der Baum vom Specht sich,
im Kopf da findet oft man nicht zurecht sich,
wenn man mal nichts vergißt, dann freut man echt sich –

Sechzig – Sechzig!
Nach Sonne, Jugendkraft und Wärme lechz' ich,
plagt mich der Ischias gar sehr, dann ächz' ich,
heb ich ein Lied zu singen an, dann krächz ich,
Sechzig – Sechzig!

Und doch – beurteilt man einmal gerecht sich,
so findet wirklich man nicht gar so schlecht sich,
und meckert einer, sagt man, der erfrecht sich,
der Lümmel werde selbst doch erst mal sechzig!

✳✳✳

Warum kann die ARD nach Wiedererwerb der »Fußballrechte« sich erlauben, in ihrer 1½-stündigen Samstagsendung über die Bundesliga in 90 Minuten nur 40 Minuten Sport zu senden und in der übrigen Zeit »Gequatsche« und Werbung? Die privaten Sender müssen davon **leben**! Merkwürdig, daß dies 30 % mehr Zuschauer sehen wollen als die frühere SAT1-Sendung »ran«.

✳✳✳

Unter den Hammer Kandidaten für den Rat der Stadt, soweit sie auf Wahlplakaten abgebildet wurden, waren einige mit Kindern abgelichtet, obwohl sie keine haben.

✳✳✳

Wer wartet eigentlich in Norwegen 12 Tage auf die Post, die angeblich die Hurtigrouten-Postschiffe – seit 1879 – auf ihrem Kreuzfahrt-kurs mit vielen Passagieren mitbringen? Eine tolle Masche!

✳✳✳

Wer zahlt eigentlich für »Leserreisen« nach Mallorca (1 Woche im Vier-Sterne-Hotel mit bescheidenen Busausflügen) rd. 3000.– DM? Es werden wohl einige Leute sein, denn ausgerechnet für diejenigen, für die schon ein möglichst hoher Preis ein ausreichendes Argument ist, ihn zu bezahlen, ist er gedacht. Und nicht nur auf dem Gebiet der Touristik!

✳✳✳

Aphorismus:
Dieser (oder jener) führende Politiker hat keinen Redenschreiber, er hat einen **Ausredenschreiber.**

✳✳✳

Der dümmste »WsaZ« (Werbespruch aller Zeiten):
»Er kann, sie kann, Nissan.«

✳✳✳

Gertrud Hoehler, früher einmal in der Welt am Sonntag »Beraterin für Politik und Wirtschaft«, jetzt »Unternehmensberaterin und Publizistin«, durfte auf fast einer ganzen Seite ihrer Phantasie freien Lauf lassen über **V-Ausschnitte** an Pullovern bzw. Pullundern.

Nein, sie hat nicht geschrieben, Herr Ackermann habe in Düsseldorf zu seinem »Handzeichen« einen solchen getragen.

✳✳✳

Da wir gerade bei dieser Zeitung sind:

Ich gräme mich jeden Sonntag neu, weil ich nicht so prominent bin wie die vielen, vielen Bürger aus Nordrhein-Westfalen, die ich zwar nicht kenne, die aber auf der letzten Seite der lokalen Beilage bei irgendwelchen wichtigen Society-Veranstaltungen abgebildet werden.

Ich höre den einen oder anderen förmlich am Frühstückstisch sagen: »Gerda, hol doch mal die Lupe, ich glaube, ich stehe in der Zeitung!«

✳✳✳

Gibt es wirklich »trendy« Leute, welche diese »IN und OUT«-Kolumnen in vielen Zeitungen – auch in »meiner« Welt am Sonntag – ernst nehmen? Und die haben auch bei unseren politischen Wahlen eine ganze Stimme?

✳✳✳

»Hast Du wieder eine Kur gemacht?« »Ja«. »Und hattest Du auch einen Kurschatten?« »Nein, wo denkst Du hin? – Ich war einer.«

Werbung bei Douglas: **Come in and find out.** (Komm herein und finde wieder heraus.)
Dann irgendwann: **Douglas macht das Leben schöner.**
Nun werden die Anglizismen den Produktlieferanten zugeteilt, z.B.
Douglas zu Joop: **Jump out of your suit!**
Aber warum nur soll ich aus dem Fenster meines Hotelzimmers springen?

✳✳✳

An einem Kinderkleidungsgeschäft hing das Schild:
Kleidung für Kids und Teens, vom Frühchen bis zum Teenager
Vorschlag in einem Leserbrief an die örtliche Zeitung:
»Klamotten für Kids und Teens, vom Earlychen bis zum Teenager«.

✳✳✳

Neue Idee für Existenzgründer in Gestalt einer Ich-AG:
Das Second-Hand-Factory-Outlet

✳✳✳

Ist sie nicht süß, die Heidi (Klum), wie sie ihren Sarotti-Mohren (Seal) in der Öffentlichkeit abschleckt? (Nicht wirklich!)

✳✳✳

…Supermodel Heidi Klum und Popsänger Seal wollen mit Klums

Tochter Leni nach Los Angeles ziehen …Seal wünscht sich ein weiteres Kind (Frage des Autors: Von Flavio Briatore?) weil …«Ich bin total gern Daddy.« Seal sagte, er schreibe eigene Lieder für die Kleine: »Leni hat das exklusive Recht auf eigene Songs« …

… Popsängerin Christina Aguilera, die häufig extrem knapp bekleidet auf der Bühne steht, propagiert neuerdings unter Teenagern die Jungfräulichkeit ….

… Bella wiege 2 800 Gramm, der Mutter gehe es gut …sagte der Sprecher von Billy Bob Thornton, Arnold Robinson, am Mittwoch in Los Angeles …

… »Popsängerin Maria Carey beklagt sich über ihre neue Maybach-Limousine: Die Kosmetikspiegel in dem 400 000 € teuren Wagen sind ihr zu klein …«

Nein, dies sind keine Auszüge aus einem Blatt der Regenbogenpresse, sondern aus der F.A.Z.

Wer ist eigentlich prominent?
Männer, deren Frauen Gattinnen sind. Frauen, deren Männer Gatte oder gar Herr Gemahl heißen. Alle, die im Guinnessbuch der Rekorde stehen. Oder in der »Bunten«.

***

Als Rentner und Pensionär habe ich doch inzwischen die große Sorge, eines Tages arbeitslos zu werden. Obwohl mir meine Frau Tag für Tag genügend Aufträge gibt.

***

Gibt es eigentlich im Fernsehen noch die monatliche »Verkündigungsshow« mit den neuesten Arbeitslosenzahlen?

✳✳✳

Aus einem Schreiben der Deutsche Telekom AG auf eine Beschwerde über die plötzlich auf den Rechnungen eingeführten Begriffe wie CityCall, RegioCall, German Call etc.:

» ....Obwohl uns bewußt ist, daß der Abschied von Althergebrachtem nicht immer leicht fällt, mußten wir uns vor einigen Jahren vom traditionellen »Postgelb« verabschieden, das zum einen die Unternehmensfarbe der Deutschen Post AG geworden ist und das zum anderen nicht mehr zu einem High-Tech-Unternehmen des 21. Jahrhunderts paßt. Damals gab es zum Teil heftige Proteste gegen unsere neuen Unternehmensfarben. Heute aber ist unser <u>Corporate Design</u> längst akzeptiert.

Ähnlich wie wir uns damals vom »Postgelb« und vom »Posthörnchen« verabschieden mußten, müssen wir uns von den alten Tarifbezeichnungen trennen. Die Deutsche Telekom ist ein modernes und weltweit agierendes Unternehmen, das bestimmte Marktmechanismen berücksichtigen muß. Besonders wichtig ist die <u>Positionierung</u> <u>der eigenen Produkte</u> unter kurzen prägnanten Begriffen, die eine hohe Werbewirksamkeit und einen großen Wiedererkennungswert haben und die sich deutlich von möglichen <u>Konkurrenzprodukten</u> unterscheiden. Deshalb haben wir für die <u>Produktgruppe</u> »Tarife« den Namen »<u>Call Plus Programm</u>« gewählt – mit den jeweiligen Variationen »Citycall«, »RegioCall«, »GermanCall« und »GlobalCall«. Begriffe aus der im Alltag gesprochenen Sprache, etwa »Nahbereich«, »Fernbereich«, »Nulltarif« usw. leisten die gewünschte Unterscheidung von unseren Konkurrenzprodukten nicht und sind nicht als spezifische Leistung unseres Hauses zu identifizieren.

Wir haben nach einer Kompromißlösung gesucht, die auch den Teil der Kunden zufrieden stellt, der – aus welchen Gründen auch immer – den

neuen Tarifbezeichnungen ablehnend gegenübersteht. Durch eine Kombi-
nation traditioneller, aber leider nicht unverwechselbarer Bezeichnungen
mit den neuen Tarifbezeichnungen der Deutschen Telekom AG wird eine
Präzisierung erreicht, die Un- oder Mißverständnisse ausschließt. Die ge-
fundene Lösung, die ab der <u>Telefonrechnung Juli 1998 umgesetzt</u> wird,
geht in eine Richtung, die nach unserer Einschätzung Ihre Zustimmung
finden wird.

Intern. PM-Health Care/OTC, 4 J. Ltr.
Unit Consumer Prod. (Vertrieb)
Kompetenz:

- Food-/Human-Care-Brands,
- Fullservice-Dienstleist., Handel,
- Vertriebsführ., kompl.
- Finanzverantw., int. Market,
- Projektref.

Aus dem Winterkatalog eines großen deutschen Reiseveranstalters:

- Bubble-Jet-Sessellift
- Skating loipe
- Carving
- Big foot
- Half pipe
- Bio-Lift
- Top-Card
- Dart Turnier
- Clipper-Verleih
- Fit- & Fun-Paket
- Air- und Aquagymnastik
- Wildwasser-Walking

Sie glauben das nicht? Dann sehen Sie vielleicht nur Sommerkataloge durch?

Aber wollen wir wetten, daß Sie in diesen noch mehr »hochdenglische« Wörter finden?

Meine Frau hat ein Siemens-Handy. Sie folgt immer der Aufforderung im Display auf's Wort:
Be inspired!

***

Der »Erfinder« des Namens **Aventis,** das ist das Unternehmen, welches gerade kürzlich von Sanofi übernommen worden ist, soll damals 250 000 DM für seine Wort- »Schöpfung« kassiert haben.
Mich fragt keiner mal nach einem neuen Namen für irgendwas Altes.
Natürlich wurde damals auch genörgelt: »Wer kann denn z.B. bei Avensis und Aventis zwischen einem Auto und einem Chemiekonzern unterscheiden?«
Aber der Namenserfinder meinte, schließlich hätten wir doch auch keine Schwierigkeiten, die Namen Emil und Emilie auseinander zu halten.

***

Man liest zur Zeit ja ständig über die wirtschaftlichen Schwierigkeiten in den neuen Bundesländern. Dabei fällt mir wieder ein, wie »hervorragend« die Bundesrepublik auf die Wiedervereinigung vorbereitet war. So als Laie und einfacher Bürger hätte man gedacht, daß z.B. ein Gesamtdeutsches Ministerium oder auch ein Wirtschaftministerium oder das für Arbeit und Soziales einige Eventualpläne in den diversen Schubladen liegen gehabt hätten. Aber offenbar lag zumindest bei dem erstgenannten Ministerium – wie bei der Barschel-Affaire – nur Geld im Schreibtisch, welches bis 1989 von guten Menschen in den Ost-West-Kreislauf gebracht wurde.
Wußten alle diese Dienststellen wirklich nichts über den miserablen Zustand der Industrie in der »großen Wirtschaftsmacht« DDR? Hatte unsere

Spionage und Aufklärung wirklich »gepennt« oder wurde uns 1989 die Überraschung über die Realitäten nur vorgespielt? Wollten diejenigen, die immer schon für die separate Staatsbürgerschaft und eine Anerkennung der »DDR« waren, uns bis dahin nur Sand in die Augen streuen?

✳✳✳

Bei einer wehrkundlichen Tagung wurde dem – damals – neuen Inspekteur des Heeres die Frage gestellt, welcher Art Planungen die Bundeswehr für die Abwehr unerwünschter Immigration großen Stils an der allzu offenen Ost- und Südflanke der NATO betreibe. Die Antwort war recht unbefriedigend. Unausgesprochen war man wohl der Meinung, daß solcher Schutz vor massenhafter Immigration nur Sache der Politiker, der Polizei oder des Bundesgrenzschutzes sei. (Aber irgendwer sagte auch, daß »man das nicht dürfe«, nämlich sich auf solche Entwicklungen und ihre Abwehr planend einzustellen.) Sicherlich ein Gebot der »Gutmenschen«!

✳✳✳

Der Sinn eines sog Markenzeichens für Politiker ist doch, daß nach kurzer Darstellung jeder weiß, wer gemeint ist, wetten?
»Grosses Interesse bestand für die Frage, wird???? zur Abschiedsrede im Bundestag einen gelben Pullunder tragen?«
Wer trägt seine Augenbrauen so zur Schau, daß man ihnen die tägliche und mühevolle Pflege nicht ansieht?
Wessen Bart sieht ungepflegt und verwildert aus?
Na, wußten Sie es? Natürlich!

✳✳✳

Bin ich Rassist, wenn mich wundert, warum auf jedem Bild mit mehr als zwei Menschen wenigstens einer mit dunkler Hautfarbe posiert?

Wie ist das eigentlich in Schwarzafrika?

Bei vielen Nachrichten und Bildern »aus dem Kulturleben« fällt mir Oswald Spengler ein:

»Zivilisation ist das Klimakterium der Kultur.«

***

Eine Blondine wandert aus von Österreich nach Deutschland. Folge: Der Bildungsstand in Österreich verringert sich, in Deutschland erhöht er sich.

Oder ist das umgekehrt? Oder ist beides richtig? Oder ist beides falsch?

***

An der Grenze zwischen Steiermark und Kärnten wurde einmal ein Kraftwerk errichtet. Es sollte mit dem Bildungsgefälle zwischen beiden Ländern betrieben werden.

***

Es soll Leute geben, die den Tatsachen nicht ins Gesicht sehen können. So schneiden sie sich z.B. nicht nur vor ihrem Gang auf die Waage
die Fingernägel, sondern reinigen sie auch.

✳✳✳

Ich habe auch meine Methode:
Ich wiege 84 kg, das ist mein »Normalgewicht« –
Größe minus 100 = »normale Kilogramms«.
Und mit einem Zylinder auf dem Kopf bin ich auch 1,84 m groß.

✳✳✳

Gerade habe ich über die Einleitung eines Verfahrens gegen die
Deutsche Bank in der sog. Kirch-Affäre gelesen. Nun überlege ich,
ob ich mir nicht doch eine Aktie dieser Gesellschaft kaufen soll. Ich
könnte mich dann auf der nächsten Hauptversammlung zu Wort
melden und meine Ausführungen in Erinnerung an den Prozeß in
Düsseldorf mit dem Victory-Zeichen beginnen.
Wäre das strafbar? Würde mich der Wachdienst abführen?

✳✳✳

Manchmal sind auch ganz Prominente zu überrumpeln:
Bei einer Wassergymnastik im Kurort forderte die (Aushilfs-)Thera-
peutin die Kurgäste auf, einfach hin und her durch das Becken zu
gehen und beim Passieren anderer Patienten die rechten Hände gegeneinander zu klatschen und jeweils die Vornamen zu nennen.

So begegnete ich Dieter Schulte (seinerzeit Vorsitzender des Deutschen Gewerkschaftsbundes), der auch brav sagte: »Dieter«.
Er wirkte sehr verunsichert, als ich – wahrheitsgemäß – antwortete: »Hubert, Karl, Wilhelm, Christian, Josef«.

✳✳✳

Gut ist, daß nach 30 – 40 Sekunden irgendwelcher Bildfolgen im Fernsehen auch noch am Ende gezeigt wird, wer hier geworben hat. Man will ja schließlich für sein Geld etwas erfahren.

✳✳✳

Es verabschieden sich Kurpatienten am Ende ihrer 3 oder 4 Wochen Kurzeit voneinander:
»Alles Gute zu Hause, bleiben Sie gesund – und Auf Wiedersehen in 4 Jahren«. (Vor der letzten Gesundheitsreform hieß es »in 3 Jahren«)!
Was »lernt« uns das? Gesundheit ist Sache der Sozialversicherung.

✳✳✳

Nun muß in der Fernsehwerbung nach dem Idioten, der seine Ketchup- und Mayonnaise-Tuben über dem Eßtisch ausdrückt, auch noch gepinkelt werden – und wie! Schlenkern für Opel Tigra!

Morbus Alzheimer muß enorm zunehmen. Man sieht immer mehr Autokennzeichen mit kurzen Zahlen, Zahlen mit vielen Nullen und solche mit gleichen Ziffern.
Ich habe mich getarnt und mein Geburtsjahr gewählt. Oder ob ich das auch eines Tages vergessen habe?

✳✳✳

Seit langem verwenden wir Toilettenpapier mit 4 Lagen. Leider haben die Hersteller – zwecks Kostenverringerung – diese 4 Lagen aber immer dünner werden lassen. So müssen wir inzwischen das Papier doppelt nehmen.

✳✳✳

Vorgestern war wieder so ein Krimi im Fernsehen, in welchem dem Kommissar das Mißgeschick unterlief, in Notwehr einen ganz fiesen Burschen mit seiner Schußwaffe zu verletzen.
Er mußte sich direkt vom Dienst befreien lassen und in psychologische Betreuung begeben.

✳✳✳

Die Zahl der Produktionsstätten in Deutschland wird immer kleiner, die Zahl der Museen aller Art immer größer.
In vielen dieser Museen kann man sehen und erleben, wie und was früher einmal, als es Deutschland noch gut ging, produziert wurde.

✳✳✳

Früher habe ich immer an eine typisch weibliche Eigenschaft gedacht, wenn bei öffentlichen Auftritten ständig »mit den Händen argumentiert« wurde. Diese Eigenart wurde inzwischen von den Männern voll übernommen. Erfolgt das auf Bitten der Interviewer oder gehört das zur Grundausbildung für überzeugendes Auftreten in der Öffentlichkeit?

✳✳✳

Ich habe noch nirgendwo gelesen, daß die antiautoritäre Erziehung zum Niedergang der Bildung bei uns beigetragen hat, wenn nicht gar dafür verantwortlich ist.
Seitdem wurden die Erziehungsleistungen immer schlechter. Berufstätigkeit beider Elternteile, keine Zeit, keine Lust, geschiedene Ehen, Drückebergerei bei den Unterhaltszahlungen, Single-Unwesen usw. Am Ende wird die 68er Generation von den Ergebnissen der eigenen Erziehungsideologie gefressen, aber wir leider mit.

✳✳✳

Wußten Sie, daß die Deutsche Bahn AG eine besondere Abteilung hat, die sich »**Integriertes Vegetationsmanagement**« nennt, – und dennoch mit dem Unkraut auf den Bahnkörpern und im Herbst nicht mit dem Laub auf den Schienen fertig wird?

✳✳✳

Die »Windmüller« sind schockiert, nachdem die einschlägigen Unternehmen Umweltkontor, Nordex, Windwelt und nun auch Plambeck sehr danieder liegen oder schon pleite sind.

29

Diese Verursacher des »großen Schwindels Windstrom« (Wolfrum) und der »hochsubventionierten Umweltzerstörung« (Bundesverband Landschaftsschutz) erwecken bei mir nicht die Spur von Mitgefühl.

Biodiversität? Einfaches Dummdeutsch!

Erinnern Sie sich? 1980 begann unser Wald zu sterben! Seitdem wird die Waldschadenserhebung durchgeführt. Und immer wieder gibt es in diesen mal ein paar Prozent leicht oder schwerer geschädigte Bäume mehr oder weniger, mal leiden die Nadel-, mal die Laubbäume stärker oder schwächer.

Jetzt, da wieder der Herbst eingetroffen ist, sehe ich es auch ganz deutlich:

The German Waldsterben.

Aber Spaß beiseite: Der schon lange vor seiner offiziellen Vorlage in den Medien besprochene Bericht 2004 ist nun offiziell von der zuständigen Ministerin Künast vorgestellt worden. Und auch er wurde nach »altbewährtem« Muster erstellt: Hier eine Baumart kränker, oder deutlich kränker, dort eine andere mit schwächeren Schäden oder mit mittleren Schäden und bei Vergleichen immer nur als erstes Jahr das, welches im Vergleich mit dem heutigen besonders eklatant disharmoniert.

***

30

Theater im ausgehenden und neuen Jahrhundert:
Zeitungsbericht über eine Theateraufführung in Hamburg:
»Überall Blut, Sperma, Erbrochenes und Ausgeschiedenes – mitten darin eine degenerierte Familie, die jede erdenkliche Widerwärtigkeit daherschwadroniert … Die Uraufführung bot eine gelungene Gratwanderung zwischen unerträglich Ekelhaftem und harter Groteske … Das Stück des exzentrischen Österreichers begeisterte das Hamburger Publikum …«
(Auch das noch!) Ein solches Publikum wird auch sicher durch eine Überschrift wie folgende nicht irritiert:
**»Theater '98': Von der moralischen Anstalt zur Bedürfnisanstalt.«
(Ist auch bisher nicht besser geworden.)**
In einer Kolumne der »Welt am Sonntag« wurde ein Stück im Bonner Schauspiel beschrieben, in dem ein Mann onaniert, bis ihm Erdnußflips aus der Hose kollern. Die »Heldin« befriedigt ihn oral. (Die Ausdrücke, mit denen sich die Darsteller anreden, möchte ich hier nicht wiederholen.) Am Ende kreist über der Szene von Vergewaltigungen und Verstümmelungen ein Geier.
Zum Schluß wird Tschechow zitiert: »An der miserablen Qualität unserer Theater ist nicht das Publikum schuld.« Wirklich nicht?
Warum wehrt sich denn niemand gegen diese Art Umweltverschmutzung? Warum werden Veranstaltungen dieser Art nicht offen als Subkultur bezeichnet?
Mir fällt in diesem Zusammenhang die Aufführung des Oratoriums »Ein deutsches Requiem« von Johannes Brahms in unserer Konzerthalle ein, bei der die Orchester- und Chordarbietungen nicht nur von Ballettänzern, sondern sinnigerweise auch von Thaiboxern »unterstützt« wurden. Mehr als zwei Stunden lang klatschten Hiebe und Tritte auf nackte Haut.
Bezeichnenderweise stritten sich schließlich noch die Städte Hamm und Gelsenkirchen, wem die Ehre der Uraufführung dieses Spektakels gebührte.

Ich bin mir sicher: Derartiger Unfug ist noch steigerungsfähig, sofern er als »avantgardistisch« oder als »interessantes Experiment« ausgegeben wird. Es werden sich mit Sicherheit auch – wie bei des Kaisers neuen Kleidern – immer genügend Fürsprecher, Fürschreiber, Sinndeuter (und Geschäftemacher) finden.

Ist nicht heutzutage eher Kunst, was sich die Künstler oder ihre Interpreten einschließlich der Kunstkommerzszene einfallen lassen, um aus ihren Werken überhaupt erst Kunst zu machen, jedenfalls für die vielen Mitläufer und Mitkäufer?

Es entsteht die Frage, ob man diese neue Kunst, nämlich die »Kunst verbaler Kunstschöpfung« eigentlich schon studieren kann? Gibt es gar schon einen Lehrstuhl an der einen oder anderen Kunstakademie für »Kunstformulierungskünste« oder »Kunstrhetorik«?

Das Wichtigste bleibt jedoch die schöpferische Phantasie, das zeigen hier die vorstehend besprochenen »Kunstwerke«.

Da ich dies alles nicht verstehe, bleibe ich auf diese Weise leider ganz allein mit meinen Ansichten – oder doch nicht?

Aus einer Jagdzeitschrift:

<u>Neuheit</u>

»Sie sind auf der Suche nach einer exklusiven, individuellen Geschenkidee? Dieses edle Präsent wird jeden passionierten Jäger begeistern!

Echt vergoldete H-Mantel-Geschosse, schwarz-ruthenierte Hülsen sowie die **persönliche Namensgravur** machen jede einzelne Patrone dieser Serie zu einem Unikat ....«

Mir fallen die Soldaten aller Nationen ein, die auf ihre großen Geschosse und Bomben ihre Namen und »freundliche Grüße« schrieben.

In der FAZ am 1.10.2004:
»Teuer war für den Konzern die *frühzeitige Verlängerung* des im Juni abgelaufenen Vertrages von Urban für weitere fünf Jahre durch den Aufsichtsrat. Die Vertragserfüllung soll dem Vernehmen nach mehr als 4 Millionen Euro gekostet haben.«
Sollten Sie sich nicht erinnern:
Es geht um den Vorstandsvorsitzenden von Karstadt, dessen besondere Leistung nun von seinen Nachfolgern in Vorstand und Aufsichtsrat »gewürdigt« wird, indem nämlich viele Filialen und Häuser geschlossen werden, andere Unternehmensteile verkauft werden müssen.

✳✳✳

Was das menschliche Gehirn zu leisten im stande ist – oder warum regen wir uns eigentlich über das deutsche Abschneiden bei der Pisa-Studie auf? Denn:
»Nach eienr Stidue der Cambridge Uinverstiaet, ist es eagl in wieheer Reiehnfogle die Bchustebaen in Woeretrn vokrmomen. Es ist nur withcig, dsas der ertse und lettze -Bchusatbe an der ricthgien Stlele snid. Der Rset knan total falcsh sein und man knan es on he Porbelme leesn. Das ist, wiel das mneschilehe Geihrn nciht jeden Bechustbaen liset sodnern das Wrot als gaznes. Krsas oedr?«

✳✳✳

Man hat den Eindruck, daß die deutsche Bevölkerung in Tracht und Habitus langsam verkommt. Miese Kleidung, knöselige Bärte, unge-kämmte Haare, offensichtlich ungewaschen, vergammelte (blaue) Jeans

33

mit Rissen, Fransen und künstlich abgegriffenen Stellen, und das wird
selbst von Erwachsenen als »cool«, »In« oder gar »schick« empfunden.
Zu großen Teilen sind Fernsehfilme aller Art daran schuld, man muß
sich z.B. nur einmal alle die »Schimanskis« in den Krimis ansehen,
diese Hüter der staatlichen Ordnung, vor denen die Bürger in pani-
scher Angst flüchten würden, so sie einem in freier Wildbahn begegnen
würden.

✳✳✳

Als ich 1980 in China war, lief alles nur im Maolook. Später wollten
die Chinesen nicht mehr so uniform sein, und was tragen sie nun?
Blaue Jeans!

✳✳✳

Man sollte wirklich bald den **Nobelpreis für Umweltschutz** einführen.
Die Vorteile einer solchen Auszeichnung, gerade für Deutschland,
liegen auf der Hand:

- Kein Mangel an Kandidaten, Deutschland hat die meisten
  Gutmenschen.
- Förderung aller Bestrebungen zur raschen Schließung der letz-
  ten Kohlebergwerke, Kraftwerke, Kokereien, Stahlwerke usw.
  Das spart Subventionen und verringert den Ausstoß klimaschä-
  digender Gase, kostet allerdings auch einige Arbeitsplätze.
- Da wir zwar Schlußlicht der 21 führenden Industrienationen
  bei Wirtschaftswachstum und Beschäftigung – Studie der
  Bertelsmann-Stiftung –, aber gleichzeitig auch Spitzenreiter in
  umweltfreundlicher Technologie sind, besteht die Aussicht, den

bisherigen Rückstand in der Zahl der Nobelpreise für Physik, Chemie, Medizin, Literatur, Ökonomie und Frieden endlich im Laufe der nächsten Jahre ausgleichen zu können.

Als erster Kandidat für den neuen Nobelpreis sollte Umweltminister Trittin vorgeschlagen werden. Er hat es verdient! Ich denke, daß man ihm damit einen seit langem insgeheim gehegten Herzenswunsch erfüllen könnte. Wie wäre sonst sein langjähriges Streben zu erklären, Deutschland wenigstens bei der Erfüllung der Kyoto-Ziele als Spitzenreiter zu positionieren? Und das ohne Rücksicht auf Verluste? Endlich Ökologie vor Ökonomie!

Warum kein Dosenpfand auf Spraydosen?
Oder Einführung einer hohen Steuer mit der Wirkung wie bei Alkopops?

***

Ich bin der Meinung, daß die »Trennschärfe« beim deutschen Abfall bzw. Recycling-Gut noch nicht präzise genug ausgebildet ist. Ich könnte mir doch gut vorstellen, auch weitere »Recyclingtons«, einzuführen, z.B. für Kaugummi- und Bonbonpapiere, Tabletts für Reibekuchen und Würstchen, Zigarettenschachteln, Finger- und Zehennägel, ausgebürstete Tierhaare usw.

***

Mehr deutsche Musik, dafür und dagegen. Ein altes Thema. Kam bei mir auf, als ich noch WDR 2 hörte. Das Gegenargument war, daß die deutschen Schlagertexte anspruchslos oder gar substanzlos seien. Ich habe mich damals immer gefragt, können die Vertreter dieser Meinung kein Englisch? Gut, auch ich habe immer nur »oh, my Baby« und ähnliches verstanden, aber gerade das hat mich in meiner Forderung bestärkt.

Nun, im Dezember 2004, scheint man im Rundfunk Ernst zu machen mit einem 35 %-Anteil an den Musiksendungen.

✳✳✳

Meine Heimatzeitung veranstaltet Aufführungen aller Art, vermittelt Reisen, macht Werbung für eigene »Events«, betreibt einen »Ticket-Service«, kurzum, sie verdient mit allem Geld, von dem berufliche Betreiber leben müssen. Auch deshalb gibt es immer mehr Arbeitslose.

✳✳✳

Der Vorstandschef der RTL-Group fordert wieder einmal, daß ARD und ZDF die Werbung untersagt werden müsse.

Das ist sicher richtig, zumal wenn Gebühren erhöht werden sollen. Darüber hinaus ist zu fordern, daß der mit Gebühren finanzierte Rundfunk nicht Aufführungen aller Art veranstalten dürfte, da zwangsfinanziert, die Konkurrenten aber nicht.

✳✳✳

Sind denglische Werbesprüche nützlich, oder schrecken sie eher ab? Einige dieser Unternehmen haben sich ja schon gebessert:

Stena-Line	Making good time
Douglas alt	Come in and find out
Douglas neu	Douglas macht das Leben schöner.
Siemens	Be inspired
RWE	One group, one utility
Mitsubishi	Drive alive
SAT 1 alt	Powered by emotion
	(Kraft durch Freude?)
SAT 1 neu	Sat 1 zeigt's allen
Mac Donald	Every time a good time
ESSO alt	We are drivers
ESSO neu	Packen wir's an
AUDI alt	Driven by Instinct
AUDI neu	Pur und faszinierend
Lufthansa alt	Ther's no better way to fly
Lufthansa neu	Alles für diesen Moment
usw.	

Wann kommen auch die übrigen Unternehmen, die noch nicht eingedeutscht haben, dahinter, daß bei einer Umfrage die Mehrheit von 1100 Verbrauchern englische Werbesprüche nicht oder falsch versteht? So die Kölner Agentur Lendmark. Ganz zu schweigen von denen, die solche Bewerbungen mit Kaufverweigerung bestrafen.
Also: Weiter »ökonomischen Druck« ausüben, liebe Mitbürger!

Geht es Ihnen auch so, daß Sie angewidert sind von den
In-Die-Kamera-Grinsern,
Markenzeichlern,

Beschönigern,
Unschuldslämmern,
Kinderstreichlern,
Fernsehtypen,
Kippen-Weg-Werfern,
Kaugummi -In-Der-Fußgängerzone-Entsorgern,
Auf-Der-Straße-Mampfern,
Handy-Terroristen,
Bei-Öffentlichen-Zoten-Freudig-Johlenden
Victory-Zeichen-Zeigern usw.?

***

Der Hamburger Sportverein hat in den letzten 10 Jahren 10 Trainer
entlassen. Welche Psychologie mag wohl dahinter stecken? Kriegen
Fußballtrainer auch alle eine horrende Abfindung, wenn sie wegen
Unfähigkeit oder Erfolglosigkeit »die Fleppen« kriegen?
Im Unterschied zur Wirtschaft sind hier die »Neuen« allerdings so dezent, daß sie allenfalls mal von einem Neubeginn sprechen, nicht aber
über die schwerwiegenden Fehler der Amtsvorgänger. Das gefällt mir
wiederum – obwohl ich ja keine müde Mark für Fußball ausgebe.

***

Meldung am 2.10.2004: »Ozonloch schrumpft wieder«.
Na so was!!!! Wo bleibt denn da der Schrecken?

***

Man hört ja auch z.Zt. beunruhigend wenig von BSE, Tollwut, Schweinepest, Gift in Quietschentchen usw.
Haben sich etwa hier die Lobbyisten wieder durchgesetzt, um uns die Gefahren zu verheimlichen?

Jahr des UHUs, Tag der Denkmäler usw.
Seit 1971 Vögel des Jahres. Ich sehe viele der angeblich vom Aussterben bedrohten 34 Vogelarten alle Tage, auch den Sperling, genannt Spatz.
Ist der Tag des jeweiligen Vogels ein Tag zur Aufforderung für mehr Bemühungen, oder ist er ein Danktag, wenn die Rettung der bedrohten Art weitgehend gelungen ist? Beim Uhu offenbar letzteres.

Immer mehr »Kontaktanzeigen« für erotische Spielereien.
Kann man aber hier nicht behandeln, muß jeder selbst lesen.

Meldung vom 2.10.2004 in Hamm:
»53 Lichter gegen Brustkrebs vor der Pauluskirche«

Deutschland ist ein romantisches Land geworden. Zu allen möglichen Anlässen gibt es Lichterketten. Für Opfer von Schandtaten werden Blumenberge aufgehäuft. Wir sprechen gern von unserer »Betroffenheit«. Kreuze und Namenstafeln werden an den Straßen für dort Verunglückte aufgestellt.
Für alles und jedes entschuldigt sich jemand: Für die Sklaverei, für den Burenkrieg, für politische Dummheiten, für Zwangsarbeit ..., eben für alles.
Nur die britische Königin hat sich nicht für Dresden entschuldigt. Die Briten sind wohl nicht so gute Menschen wie wir.

✳✳✳

Deutsche Comedy, das sind wohl die Spaßmacher im Fernsehen, ist größtenteils das primitivste, was man sich vorstellen kann.
Aber wie schon gesagt: Das Publikum ist selbst schuld.

✳✳✳

Es gibt in der öffentlichen Diskussion nichts, was es nicht gibt. Die unglaublichsten Geschichten werden für bare Münze genommen. Die seltsamsten Heilungen werden geglaubt. Im Gesundheitswesen ist der Erfindungsreichtum besonders groß, für seine Gesundheit tut man ja alles.
Esoterik ist Gegenstand besonderer Messen, genauso wie für die sprachlich verwandt erscheinende Erotik.
Die Gläubigen sagen: Ja, ja, es gibt Dinge zwischen Himmel und Erde, die sich der Mensch nicht träumen läßt.

Schilys »Konzentrationslager« in Nordafrika – und was aus einer guten Idee wird. Offizielle Äußerungen:
»Zurück in die Länder, aus denen die Schiffe ausgelaufen sind.«
»Asylbewerber und andere Flüchtlinge, welche die Hoheitsgewässer eines EU-Landes erreichen, haben nach wie vor Anspruch auf Verfahren nach EU-Standards.«
»Erst einmal müssen die EU-Länder zu einem einheitlichen Asylrecht kommen.«
»Probleme von Flucht und Migration nicht nur aus europäischer Sicht betrachten.«
»Wir sind übereingekommen, nicht mehr von Lagern zu sprechen.«
Meldung: Innerhalb von 24 Stunden kamen wieder 800 Flüchtlinge auf der Insel Lampedusa an.

Warum heißt es immer noch »Einzelhandel«, auch wenn von Karstadt, Kaufhof, Aldi, Lidl und dergleichen die Rede ist? (Kleiner Scherz!)

Langzeitpraktika, Verbundausbildung, partnerschaftliche Ausbildung, Ausbildungsmanagement usw., alles Methoden zur »Verwaltung« von arbeitslosen Jugendlichen mit Staatsknete.

Koksmangel, Stahlmangel 2004, und das in Deutschland! So geht es einer Industrienation, die nur noch an Dienste-Leisten glaubt.
Auch die noch verbliebenen Urproduzenten (die Bauern) werden wohl demnächst als Platzwärter auf Golfplätzen ihre Dienste leisten.
Apropos, man sehe die vielen Krimis, die sich meistens in Industrieruinen abspielen. Auch die vielen Schilder im Ruhrgebiet spiegeln den Zustand unserer früheren Industrieregion realistisch wieder: »Route Industriekultur«.

✳✳✳

Lassen sich eigentlich die Durchstechereien, Insidergeschäfte, Subventionsbetrügereien, Bestechungen, Veruntreuungen usw. in der Wirtschaft noch aufhalten?

✳✳✳

»Bei den reichlichen Zoten und derben Eindeutigkeiten klatschte sich das Publikum vor Vergnügen auf die Schenkel, johlte oder stieß spitze Schreie aus.«
(Aus meiner Zeitung.)

✳✳✳

Warum gibt es »Kleingedrucktes? Ist es der Platzmangel auf dem Papierbogen? Soll das Auge des Lesers trainiert und geschärft werden? Oder ist es einfach der Versuch, den Kunden, Patienten oder Klienten über den Tisch zu ziehen? Vor allem Ältere, deren Sehleistung schon nachgelassen hat?

Rekordhalter in diesen Vertuschungsübungen sind Deutsche Bank AG und Daimler-Chrysler AG. Beide begnügen sich mit einer (gemessenen) Buchstabenhöhe von 1 mm.

∗∗∗

Eine weitere Art von Kleingedrucktem (auch herab bis zu 1 mm Buchstabenhöhe) versucht man auf den Beilagezetteln von Medikamenten zu lesen. Diese werden von Jahr zu Jahr umfangreicher und daher kleinschriftiger. Liegt das daran, daß es hier immer am Ende heißt: »*Wenn Sie Nebenwirkungen bei sich beobachten, die nicht in dieser Packungsbeilage aufgeführt sind, teilen Sie diese bitte Ihrem Arzt oder Apotheker mit:*«

∗∗∗

Richtig dumm allerdings ist das Kleindrucken von Texten, mit denen man Kunden werben oder Produkte bekanntmachen will. Man sehe sich daraufhin den Reiseprospekt der TUI von März bis September 2005 an. Wenn ich Herr Frenzel wäre, würde ich den Verantwortlichen verdonnern, bei der Arbeit stets zwei Lupen zu benutzen.

∗∗∗

Eine andere Art von verborgener Wahrheit habe ich bei VW entdeckt:
In einer Anzeige mit einem abgebildeten Golf und der Überschrift »Das meiste Auto fürs Geld *« werden 22 Eigenschaften und Ausrüstungsgegenstände als Bestandteile des abgebildeten Fahrzeugs genannt von ABS bis Vierlenker-Hinterachse. Der Preis wird zwar nicht ge-

nannt, aber jeder Leser unterstellt, daß diese Ausstattungsmerkmale im Grundpreis enthalten sind.

Aber im Kleingedruckten (siehe *) steht in einer exakt 1 mm hohen Schrift hinter dem *: *Einige der genannten Ausstattungen sind nur gegen Mehrpreis erhältlich.*

Gehen Sie doch einmal an den Anfang dieses Abschnittes zurück und beantworten Sie sich die Fragen selbst.

Sollte nicht hier allmählich der Gesetzgeber eine neue »Rechtschreibreform« einläuten?

Keine gesetzgeberischen Schritte sind hingegen bei einer anderen Art von Kleingedrucktem erforderlich, nämlich die durch eigene Dummheit geschäftsschädigenden. Viele davon entstehen durch Sparsamkeit am falschen Platz, so bei Anzeigen, die nach Größe bezahlt werden müssen.

Da wird z.B. angeboten als Werbeprämie für eine Zeitschrift u.a.:

Samsonite F-Lite Koffer, 77 cm

Zahlenschloß und Seitenschlösser, extra große,

selbstschmierende Leichtlauf-Rollen. Farbe: Schwarz.

Material: Strapazierfähiges Polypropylen.

Maße ca. 78 x 60 x 31 cm

Markenzeichen

Ich kann mich noch gut an die weißgekleidete und behütete Dame auf den Litfaßsäulen erinnern, die für Persil Reklame machte. Auch für Nivea und Maggi standen einprägsame Warenzeichen zur Verfügung, die dauerhafte Wirkung auf das Publikum zeigten und zeigen. Hühneraugen-Lebewohl hat ebenfalls jahrzehntelang den Markt bestimmt, ist aber inzwischen »aus der Mode« gekommen, genau so wie das Unternehmen, welches alles »Aus Erfahrung gut« machte.
Dies alles waren oder sind »Markenzeichen«. Doch welchen Wandel hat dieses Wort erlebt?!
Heute sind dies nur noch Logos, von Designern erschaffen wie Firmennamen, für die Novartis oder Aventis oder TUI als Beispiele stehen, oder Automarkennamen wie Xsara, Vectra, Corrado oder Yaris, oder (besonders eindrucksvoll mit vielen XXXX) Xetra, DAX oder Cinemaxx.
Doch gibt es, Gott sei Dank, neue »Markenzeichen« in Hülle und Fülle, und zwar bei unseren Prominenten. Für die Hüllen stehen dabei so einprägsame Kleidungsstücke wie gelbe Pullover, rote Schals oder ein (wochenlang getragenes?) schwarzes T-Shirt. Zur körperlichen Ausrüstung, die ihren Träger unverwechselbar machen soll, zählen besondere Brillen, Pfeifen, Zigarren, »Brionis«, die man allerdings nur als Mann (oder Frau) von Welt direkt erkennen kann, oder auch offene Hemdkragen oder wilde Bärte. Auch die buschigen, schwarz gefärbten Augenbrauen – bitte den Autor nicht verklagen – zählen zu diesen Markenzeichen, die es auch in der Gestik gibt! Man denke an das sorgfältige Zusammenschieben von Manuskriptblättern auf dem Rednerpult des Bundestages mit spitzen Fingern, an das Unterstreichen auch des kleinsten Adjektivs durch die Hände unserer Politikerinnen, an das Treppenspringen jugendlicher Männer, an das V-Zeichen mit gespreiztem Zeige- und Mittelfinger, das jetzt leider in Düsseldorf beim Mannesmannprozeß ein wenig in Verruf gekommen ist.
Mancher muß sogar seine Herkunft verleugnen, um in seine von Mar-

kenzeichen geprägte Umwelt zu passen. So wechselte Andreas Gallas, hoher Beamter im Umweltministerium, seine äußere Erscheinung vom korrekt gekleideten Managertyp um in grünadäquate Jeans und krawattenloses Flanellhemd, als er einen neuen Chef bekam, nämlich Jürgen Trittin.

Ist die Beliebtheit solcher »Markenzeichen« bei Promis aller Art nun eigentlich ein Zeichen von unserer oder von deren Dummheit????

Es sei an die wichtigste Frage in den Medien erinnert, als Genscher aus dem Bundestag ausschied:

»Wird er zu seiner Abschiedsrede seinen gelben Pullunder tragen?«

Das tat er natürlich!

***

Stimmt es übrigens, daß Bundespräsident Köhler Herrn Trittin neulich bei einer offiziellen Veranstaltung bitten mußte, die Hand oder die Hände bei der Nationalhymne aus der/den Hosentasche/Hosentaschen zu nehmen?

***

Auch über den »Fall Pascal« wird man wieder zur Tagesordnung übergehen.

»Das Jugendamt hätte den Tod des fünfjährigen Pascal nicht verhindern können.«

»Wir können das Jugendamt so gut organisieren, wie es nur geht. Angesichts der Abgründe, die sich bei einigen Menschen auftun, kann niemand von uns garantieren, daß so etwas nicht noch einmal passiert.«

Die »Jugendschöffin« – auch das noch – Christa W., die »Kopfrunterdrückerin« Andrea M. und der Vergewaltiger des Jungen, der mit ihm »nicht zurechtkam«, wurden heute am 9.10.2004 in der FAZ als lieb lächelnde Bürger – wenn nicht sogar Mitbürger – abgebildet.

Muß das eigentlich bei derartigem »Gesocks« auch noch sein?

***

Bundesgerichtshof: **Nur Milka darf lila sein.**

Natürlich, sonst wäre das ja eine Diskriminierung des einen Prozents von Kindern, die bei einer etwas zurückliegenden Befragung gemeint hatten, daß Kühe lila seien.

***

Bertelsmann Stiftung:

Beim »Standort-Ranking« ist die Bundesrepublik Deutschland unter den 21 führenden Industrienationen das Schlußlicht.

Dafür halten wir aber die Spitzenplätze bei der Erfüllung des Kyoto-Abkommens und bei der Abschaffung der Käfighaltung von Geflügel, beim Dosenpfand, bei der Abfallsortierung – Entschuldigung, bei der Auswahl der richtigen Recycling-Methode – und ähnlich wichtigen Tätigkeiten und Verhaltensweisen.

Kann man bei den Sparkassen nicht endlich einmal eine andere Person »im Bild rumstehen lassen« als Frau Berben?

Was meint sie eigentlich mit »Mensch bleiben. Viel wert in diesen Zeiten«?

✱✱✱

Auf der Zeitungsseite <u>oben:</u>

»Bitte einen Baum!«

Gefällt wurde der Baum (in einer Baumreihe auf dem Bürgersteig) schon vor längerer Zeit. Je größer die anderen werden, desto mehr fällt die Lücke auf. Gleich mehrere Anlieger haben beim Bezirksvertreter der Grünen nachgefragt, ob man denn die Lücke nicht durch neue Bäume schließen könnte.

Auf der Zeitungsseite <u>unten:</u>

»Die Last mit dem Laub!«

Die Wurzeln heben den Bürgersteig an und nasses Laub macht ihn zur Rutschbahn. Einige Anlieger fordern daher, die Linden möglichst bald zu fällen.

Ob die Anwohner »in der Baumlücke« den ersten Antrag wirklich gestellt haben?

✱✱✱

Wieso veranstaltet meine örtliche Zeitung Reisen, Veranstaltungen aller Art usw. und macht damit die berufsmäßigen Anbieter womöglich arbeitslos.

Das ist wie beim Rundfunk. Auch die Sender bedienen sich mit solchen Veranstaltungen und natürlich im großen Stil mit Werbung.

Diese Einnahmen sind in Verbindung mit den Zwangsgebühren unfair
und sollten unterbunden werden.

Wenn man von mehreren Hotels oder Hotelketten Prospekte oder
Preisverzeichnisse zugeschickt bekommt, findet man kaum noch An-
gebote für einen »einfachen« oder »normalen« Aufenthalt. Meistens
soll man bestimmte »Tage« oder »Wochen« buchen für

- Beauty und Wellness (einschließlich Psammo-Sandbett mit
  Quarzsand)
- Thalasso Plus (einschließlich Eßalgen)
- Fit und Aktiv (einschließlich Leihfahrrad)
- Golfen (einschließlich Greenfee)
- Inselfeeling (einschließlich Inselsafari)
- Yoga (einschließlich Silent-Meditation)
- Verschnaufpause (einschließlich Fußreflexzonenmassage)
- Roulette (einschließlich Beutel mit Glücksjetons)
- Zeit für mich (einschließlich »Leihbuch«)
- Hochzeithalten ist wunderschön (einschließlich Torte)

usw.usw.usw.

Doch halt, ganz am Ende des Prospektes gibt es auch noch »einfache«
Preise, allerdings nur für Zimmer einschließlich Frühstück.

Damit man sie nicht so gut mit den »attraktiven Arrangements« und
den »Events« vergleichen kann?

Gerade hatte ich wieder einmal Anlaß, über die Preise des Inhaltes von Hotel-«Minibars» nachzudenken.

1. Gedanke: Welche Gäste zahlen eigentlich diese Wucherpreise? Nur die Geschäftsreisenden und ihre Firmen?
2. Gedanke: Die armen Senioren, die ja am Tag 2 Liter Flüssigkeit trinken sollen.
3. Gedanke: Nicht so laut über Gedanken 2 reden, sonst wird das Trinken aus den Wasserleitungen ähnlich teuer – wegen der Amortisation und Verzinsung der notwendigen Meßgeräte.

Beim Abendessen im Hotel nähern sich 6 Angestellte (einschließlich Koch mit Mütze) einem Tisch und tragen ein Eis – mit Wunderkerze – oder einen kleinen Kuchen – mit Wunderkerze – vor sich her. Sie scharen sich um ein Geburtstagskind mit Tischgenossen und singen (in vier verschiedenen Tonarten):«*Happy birthday to you, happy birthday to you …*»
Jemand in der Nähe provoziert dezent, aber hörbar: »Was meinen die denn? Hat da jemand Geburtstag?« Dezenter Beifall für den Fragenden!
Als die Angestellten wieder im Abziehen begriffen sind, wird in der Nähe intoniert: *»Zum Geburtstag viel Glück, zum Geburtstag viel Glück, …«*
Großer Beifall an 10 Tischen heißt mich hoffen, daß man auch noch deutsch kann.

Warum müssen heutzutage eigentlich alle Opern auf die heutige Zeit umgeschrieben bzw. uminszeniert werden? Warum treten in »Nabucco« (Deutsche Oper Berlin 2004) die bösen Schergen mit Terror- oder Bankräubermaske auf? Warum mit Wespenunterleib (abschnallbar, aber auch mit ausfahrbarem Stachel wie sich später zeigt) in den Farben von Borussia Dortmund? Warum muß ein hinzuerfundener Junge mit Computer und Beamer die Gedanken von Herrn Neuenfels verbreiten? Warum singt der Chor in Heimwerkermarkt-Schürze, mit Heimwerkermarkt-Harken, -Sicheln und -Besen hantierend? Ich weiß, ich weiß, sonst kommt das Publikum nicht!
Wie wäre es, wenn sich die heutige Zeit ihre eigenen »zeitgenössischen« Opern selbst schaffen würde, statt das kulturelle Erbe großer Künstler zu verhunzen?
Die können sich ja leider nicht wehren!

Der Mangel an »konservativer Kunst« auch in der Malerei wird offensichtlich, weil immer mehr die Fotografie an ihre Stelle tritt. In den Medien werden Fotografen als »groß« und »bedeutend« dargestellt, von denen kaum jemand vorher etwas gehört hat. Eine Ausstellung jagt die andere.
Manchmal denke ich, daß auch meine Fotos eine Ausstellung oder wenigstens hohe Preise verdient hätten. Ich muß mir nur einmal eine möglichst verklausulierte, erfindungsreiche Erklärung ausdenken, um diesen Erfolg zu haben.

Zeitungsmeldung:
RTL startet Teil 2: »Ich bin ein Star, holt mich hier raus!«
Gut, daß man das nicht sehen **muß,** einschließlich der dazugehörigen Moderatoren Sonja Zietlow und Dirk Bach, die – wie es werbend heißt – »im Januar durch ihre bissigen und lockeren Sprüche dem Treiben Pepp gaben.«
Also auf ein Neues:
Vom Bad in der Menge, zum Bad in Kakerlaken! Dann aber auf die »Burg« mit den Halb- und Viertelpromis!!!

***

Frau Süßmuth (»Rita«) hat wieder etwas für mich Unverständliches auf die Beine gestellt. Der von ihr geleitete »Sachverständigenrat für Zuwanderung und Integration« empfiehlt, daß man jährlich 25 000 ausländische Arbeitskräfte anwerben solle, um Engpässe auf dem deutschen Arbeitsmarkt zu schließen. Im Gegensatz zur sog. Green Card sollen sie dauerhaft bleiben können und ihre Familienmitglieder mitbringen dürfen.
Muß man solche Meldungen eigentlich angesichts von (damals) 4,5 Millionen Arbeitslosen noch kommentieren?

***

Ein Foto eines Protestlers vor dem Opelwerk in Bochum zeigt auf, wohin die Mißverhältnisse zwischen Management und Arbeitern führen.

Der Mann war in Managerkleidung abgebildet und trug einen Koffer
in der Hand, auf dem zu lesen war:
»Ich 4 Millionen € Abfindung, Ihr Hartz 4.«

Immer, wenn ich auf einer normalen Landstraße fahre, habe ich in
Kurven Angst um meine Sicherheit. Allerdings nur in Rechtskurven,
weil mir dort immer die entgegenkommenden Kurvenschneider Furcht
einflößen, von denen es mehr gibt als man denkt.
In Linkskurven räche ich mich dann an den Entgegenkommenden,
denn nun bin ich der gefährliche Kurvenschneider.

Warum haben sich die Regierenden, z.Zt. vor allem der Bundes-
finanzminister, bei ihren Prognosen von Wirtschaftswachstum, Arbeitslosigkeit, Preisanstieg, Staatsdefizit und ähnlichen Kenndaten
noch nie in eine Richtung verschätzt, die negativere Tendenzen in
den kommenden Wochen, Monaten oder Jahren voraussagen? Diese
negativen Tendenzen ergeben sich aber immer im Anschluß an (zu)
positive Voraussagen. Man erkennt die rosarote Wirtschaftsentwick-
lungsbrille.

***

Kindertrödel, SPD-Trödel, Flohmarkt, second hand- Geschäfte – alles eine Beschreibung der wirtschaftlichen (Not-)Lage?

✳✳✳

»Ab 4. November finden zwei Kurse Autogenes Training mit Edu-Kinestetic statt. Daran können Kinder von 8 – 12 Jahren teilnehmen. Insbesondere eignet sich dieses Angebot für Kinder mit Wahrnehmungsstörungen, Dyskalkulie und Lernschwierigkeiten.«

✳✳✳

Musikgruppen – »Bands« – fühlen sich besonders gut vermarktet, wenn sie in möglichst fieser Art – das gilt für den einzelnen wie für die Gruppe – fotografiert und dargestellt werden.
Haben Sie schon einmal ordentlich gekleidete, rasierte, gekämmte, kurz, sauber wirkende Mitglieder solcher Bands gesehen? Ich glaube, die haben in der heutigen »Event-Gesellschaft« einfach keine Chance.

✳✳✳

Da ich Punk-Rock, Grunge-Rock, Gitarrenrock und ähnliches nicht liebe, (ja nicht einmal weiß, was das ist,) werde ich wohl mal in die »Adult-Disco« gehen müssen.

Wenn schon nicht in der Schulbildung und in damit verwandten Eigenschaften, so ist Nordrhein-Westfalen wenigstens auf einem Gebiet »spitze«:

In der Verbraucherpolitik. Allerdings ist die entsprechende Note für Bayern, Baden-Württemberg und NRW auch nur »ausreichend«, aber alle anderen Länder haben nur ein »Ungenügend« im Zeugnis stehen. Wer sagt das? Der Bundesverband der Verbraucherzentralen.

***

Nun sind wir in Deutschland nach dem Dosenpfand, der Windenergie, dem gelben Sack, der fünffachen Abfalltrennung, dem Abschaffen der Kernenergie, der Kohlenfeindlichkeit, der Umwandlung von Produktions- und Fabrikationsbetrieben in Museen, der Übernahme ausländischer »Feiertage« wie Christopher-Street-Day, Halloween, Love-Parade usw. endlich auch wieder Weltmeister in einer neuen Disziplin: Dem Energiepaß. Er wurde in NRW von unserer »auf diesem Feld hoch engagierten Grünen-Politikerin Bärbel Höhn« u.a. wie folgt begründet: »Jeder Autobesitzer weiß, wie viel Sprit sein Wagen verbraucht, aber die hohen Energiekosten der Wohnung sind meist unbekannt.«

***

Die RTL-Sendung »Explosiv«, z.Zt. mehr als 3000mal gesendet, ist der »Marktführer der Zielgruppe der 14- bis 49jährigen«, so las ich es heute.

Die Spanne dieser Zielgruppe zeigt uns schon, wie wenig die Leute in 35 Jahren lernen. Und was sagt uns das über die Intelligenz der Werbenden?

***

Gönner, Förderer, Geldgeber, Mäzenatentum:
Förderung künstlerischer Tätigkeiten durch einen Gönner. Früher
meistens Herrscher mit Hof, später auch wirtschaftliche Eliten, zur
Vermeidung von Steuern später auch Stiftungen.
Das Mäzenatentum ist wegen der wirtschaftlichen Abhängigkeit des
Künstlers seit jeher umstritten gewesen. Heute wollen Gönner, För-
derer, Geldgeber und Mäzene Geschäfte machen.

✳✳✳

Anzeige: (Intelligenztest 2004)
»Mitmachen und gewinnen, wir verlosen 3 Smart-Automobile!
Kreuzen Sie an: Wie viele Automobile verlosen wir?
O drei Automobile
O zwei Automobile
Sofort abschicken und gewinnen!«

✳✳✳

Auf dem »hot seat« bei einem Argumentationstraining sitzend pro-
vozierte mich ein Kollege aus der Runde:
»Man sagt, daß Sie ein Verhältnis mit Ihrer Sekretärin hätten.«
»Stimmt nicht, meine Sekretärin heißt Egon.«
Die gesamte Runde: »Noch schlimmer!!!«
Aber was hätten die heute gerufen?

Ich habe mich in den vergangenen Monaten über die Managergehälter aufgeregt. Nachdem ich lernen mußte, daß der Präsident des
Fußballvereins Borussia Dortmund im Jahr 1 Million Euro bekommt,
merke ich, daß ich auf der falschen Party war.
Nachdem nun Herr Niebaum ins Leere gefallen ist, hört man, daß
der Manager Meier 800 000 € verdient und der neue – ehrenamtli-
che – Präsident Rauball 460 000 € Aufwandsentschädigung erhalten
soll.

✳✳✳

Mit Ich-weiß-nicht-wieviel künstlich erzeugtem Schnee fanden in
Düsseldorf zum wiederholten Mal Skilanglauf-Wettkämpfe statt. Si-
cher auch wieder ein großer Erfolg für die Belebung der Wirtschaft!
Die Viertplazierte hatte nämlich schon vorher einen Einkaufbummel
auf der Königsallee gemacht.
Warum gibt es noch keine geeigneten Windmaschinen, um auf dem
Baldeney-See einen Surfwettbewerb auszurichten?

✳✳✳

Das »Führungsduo« (auch Doppelspitze genannt) des Deutschen
Fußball-Bundes zeigt auf den Inthronisationsbildern nicht das Victory-
Zeichen (ist wohl seit Mannesmann etwas aus der Mode gekommen),
sondern den aufgereckten Daumen über der geballten Faust. Und keiner sagt einem, woher das Zeichen kommt und was es bedeutet.

✳✳✳

Barroso muß einen Kommissar zurückziehen, Homosexualität darf
man nicht Sünde nennen. Wer spricht eigentlich noch von Toleranz
gegenüber diesen Menschen? Bei solcher Intoleranz?
Sie werden wohl bald die Macht übernehmen. (Gut, daß ich nicht
Kommissar werden will, auch nicht in Krimis, denn auch dort ist
mindestens einer immer anders.)

✳✳✳

Herr Schäuble meint, daß Minister Schily die Genfer Flüchtlings-
konvention »aushebelt« mit seinem Vorschlag, Außenlager in Nordafrika einzurichten. Er sprach von »Internierungslagern« und warf ihm
vor, Stimmungen in der Bevölkerung ausnutzen zu wollen.
Wer die gesamte Entwicklung des Asylrechts in Deutschland mitver-
folgt hat, kann sich über diesen Sinneswandel von Herrn Schäuble
(oder gar der CDU?) nur wundern.
FDP-Stadler fordert die Bundesregierung auf, sich von Schilys Plänen
zu distanzieren und sich »zur Tradition des humanitären Flüchtlings-
schutzes in Europa« zu bekennen.
Ein Konstanzer »Asylexperte« (Hailbronner) warf Schily vor, ähnliche
Zustände wie in Guantanamo anzustreben.
Meine Güte, was gibt es doch für Verblendungen! Reden diese Leute
eigentlich vom gleichen Personenkreis, nämlich von **Flüchtlingen?**
Flüchtlinge waren zum Beispiel vor 60 Jahren die Deutschen, die ge-
gen Kriegsende »gezwungen auf Wanderschaft gingen« – wie mal ein
Bundespräsident gesagt hat. Sie suchten nicht lediglich ein besseres
Leben wie heute über 90 % der sogenannten Flüchtlinge, sondern
waren Opfer von Vertreibungen.
Ein SPD-Abgeordneter (Edathy) hält eine Harmonisierung der eu-
ropäischen Länder und eine Flüchtlingsverteilung je nach Einwoh-

nerzahl der Länder für richtig und ausreichend. Das habe auch im Kosovo-Konflikt gut funktioniert. So wenig sind einige Abgeordnete in der Lage, Äpfel und Birnen zu unterscheiden.

Da lobe ich mir ausnahmsweise Oskar Lafontaine, der gemeint hat, daß unter den 15 %, die Afrika verließen, nicht die Schwachen, die Alten, die Kranken und die elternlosen Kinder (aber auch das wären keine »richtigen« Flüchtlinge) seien, sondern vielmehr die Gesunden, die Leistungsfähigen, die nach Europa wollen, um besser zu leben. Es sei besser, die Hilfen für Afrika aufzustocken statt die Sozialausgaben für die ankommenden Flüchtlinge weiter zu erhöhen.

Wie beschreibt die Brockhaus Enzyklopädie (von 1968) Flüchtlinge? Wer mal die zwei Seiten von »Flucht« bis »Flüchtlingsproblem« gelesen hat, findet keinen, aber auch gar keinen Anhaltspunkt dafür, daß in der ganzen Flüchtlingsdiskussion von Flüchtlingen in diesem Sinne die Rede sein kann. Das gilt auch für das dort abgehandelte Asylrecht.

Der Altbundeskanzler Helmut Schmidt hat es neulich erkannt:
Es sei ein großer Fehler gewesen, in den 60er Jahren des vorigen Jahrhunderts mit der Anwerbung von »Gastarbeitern« begonnen zu haben.

Das haben viele meiner Berufs- und Altersgenossen schon damals als Fehler angesehen.

In Holland waren nach einer Untersuchung von 1990 bereits 22 000 Menschen an »terminaler Sedierung« gestorben. Dabei werden Schwerkranke mit sehr hohen Dosen von Medikamenten nahezu bewußtlos gemacht, wobei eine Lebensverkürzung in Kauf genommen wird. Aus diesem Grund tragen angeblich viele Niederländer einen Ausweis in ihrer Brieftasche, auf dem steht: »Maak mij niet dood, Dokter.«

✳✳✳

Ich kann mich noch gut erinnern, daß vor vielen Jahren Überlegungen aufkamen, sog. Neutronenbomben oder -granaten einzuführen. Solche Kampfmittel würden z.B. einen Panzer unversehrt lassen, die Besatzung hingegen töten.
Herbert Wehner sagte damals, derartige Überlegungen seien eine »Perversion des Denkens«. Was mag er da wohl gemeint haben?
Sind tote Soldaten in »kaputtem« Panzer humaner zu Tode gekommen als solche in einem wieder verwendbaren?
Wäre es besser oder schlechter gewesen, wenn nach der Bombardierung von Dresden die Stadt noch gestanden hätte?

✳✳✳

Man ertappt sich beim Anschauen bestimmter Fernsehsendungen bei dem Gedanken, nun bist Du genau so unbedarft wie die anderen Millionen Menschen, die sich diese Sendung ebenfalls ansehen.
Dennoch, gelegentlich muß es sein, nicht nur um mitreden zu können, sondern auch um sein Menschenbild ständig aktualisieren zu können.

Mehr Kinderbetreuung.
Rot-Grün bringt Gesetz auf den Weg.
Ziel der größeren Zahl (230 000) von (staatlich mit bis zu 1,7 Milliarden € finanzierten) Betreuungsplätzen für unter Dreijährige ist es, die Vereinbarkeit von Familie und Beruf zu fördern.
Aber wo sind die Arbeitsplätze?

✳✳✳

»Scheinväter« sind solche, die ihre Vaterschaftserklärung oder -zustimmung dazu benutzen, im Wege der Familienzusammenführung nach Deutschland einreisen und hier – in aller Regel – Sozialhilfe beanspruchen zu können.
Dieses sind die ausländischen Scheinväter.
Es gibt aber auch deutsche Scheinväter, die ihren Scheinmüttern (Ausländerinnen) die Einreise und den Aufenthalt in Deutschland – einschließlich Sozialhilfebezug – ermöglichen.
Nun frage ich mich, ob wir bald auch Scheingroßväter oder -mütter oder Scheinenkel oder -enkelinnen hier aufnehmen und unterhalten müssen.

✳✳✳

Durch das nun mögliche Verlöbnis von schwulen oder lesbischen Paaren erhalten diese schon vor der Eintragung der Partnerschaft ein Zeugnisverweigerungsrecht vor Gericht. Auch das noch!
Ich erinnere an die »Freistellung« von etwa 3,8 Millionen deutschen Bürgern aufgrund immer neuer Gesetzeslagen, die bisher schon Zeugnis verweigern konnten, nämlich Ärzte, Zahnärzte, Apotheker, Hebammen, Krankenschwestern, Richter, Rechtsanwälte, Notare,

Steuerberater, Beamte, bei Zeitungsverlagen Beschäftigte, Pfarrer, Abgeordnete usw.
Viele Berufe bleiben da nicht mehr übrig!

***

FAZ und die Neuber-Todesanzeigen:
Die Anzeigenabteilung der Zeitung hätte wohl nichts dagegen, täglich einen Sterbefall wie den von Herrn Neuber zu erleben und vermarkten zu können.

***

Daimler-Chrysler krankt an der Mercedes-Car-Group und am Smart. Vor allem die »Dienstleister« machen Plus. So ähnlich ist es auch bei VW.
Ich stelle mir die häufig gelesenen Argumente von Konzernlenkern vor:
Mal **Diversifikation**, mal **Konzentration auf die »Kernaktivitäten.«**
Alle diese Regeln und »Visionen« gelten nur ein paar Jahre – oder bis zum neuen Vorstand. Dann werden sie von der Realität – oder vom neuen Vorstand – überholt.

***

Überschrift:
«Literatur in der Kläranlage.«
Nein, nicht die Bücher wandern in die Kläranlage, nur die Hörer

hören dort die Lesungen. Schauspieler aus Tschechien werden dort Texte u.a. von Václav Havel vorlesen.
Ob dem das auch gefällt?

∗∗∗

IKEA-Prinzip für den Friedhof?
Grabstein zum Selbstaufbauen!

∗∗∗

Wie viele Künstler – ohne und mit Anführungszeichen – gibt es heute? Und wie viele früher? Gibt es darüber eine Statistik?
Jedenfalls nicht im Statistischen Jahrbuch. Schade!

∗∗∗

Auch bei uns hat sich der ursprünglich keltische Halloween-Brauch zur Freude der Einzelhändler etabliert. »Das Geschäft boomt erst seit etwa zwei Jahren, vorher konnten wir nur wenige Halloween-Accessoires verkaufen«, so eine Geschäftsfrau.
Nach der Kritik in der Öffentlichkeit wegen allzu frühen Beginns des Weihnachtsgeschäftes kommt also rechtzeitig eine Entlastung.

∗∗∗

Seit kurzem hält die Werbung auch Einzug in die »normalen« Programme. Immer mehr kleine Männchen und Frauchen, Laufschriften u.ä., erscheinen mitten im Spielfilm, im Krimi, in den Nachrichten und zwar auch in öffentlich-rechtlichen Programmen. Dürfen die das? Oder ist das eine Umgehung und Aufweichung der Rundfunkgesetze?

✳✳✳

Neue Hoffnung bei chronischen Erkrankungen!
Schlangengift-Enzym-Therapie!
Dazu paßt die Meldung, daß ein schweizerischer Restaurantbesitzer in Hanoi Reisschnäpse mit eingelegten Schlangen, Bienen, Geckos oder Ziegenhoden herstellt. Also, einfach einen trinken und schon wird man gesund. Zahlen das die Kassen?

✳✳✳

Managergehälter und Bundeskanzlereinkommen.
Diese Diskussion muß erlaubt sein, auch wenn üblicherweise alle Einkommen von Politikern suspekt sind, gleichgültig ob Gehälter, Diäten, Überbrückungsgelder, Pensionen u.ä. Dennoch bin ich der Meinung, daß die Millionengehälter von Managern, die ja immer auch mit der Verantwortung für die Unternehmen und für sooooo viele Arbeitsplätze begründet werden, nicht im richtigen Verhältnis zu dem des Kanzlers oder von Ministern stehen. Deren Verantwortlichkeit wiegt entschieden schwerer.

✳✳✳

Hoffentlich ist der gescheiterte Präsidentschaftskandidat Kerry ein besserer Verlierer als der gesamte öffentlich-rechtliche Rundfunk in Deutschland. Nun hatte man sich so sehr gewünscht, den »Kriegstreiber« Bush im Ruhestand zu sehen – von unserem Friedenskanzler abgeschossen – und nun das! Bis man sich nun von diesen falschen Voraussagen und den offenkundigen Hoffnungen wieder erholt hat?! Unangenehme Sache!

***

Großvater Bush hat – wie man jetzt hört – an den Zwangsarbeitern und dem Holocaust verdient, nun soll Georg W. Bush auf 400 Millionen Dollar verklagt werden.
Nein, daß die Amerikaner so einen wählen konnten!

***

Im Internet war die Meinung gefragt, ob Bush oder Kerry gewinnen würde.
Ich habe mich gegen die (seinerzeit) 72,5 % für Kerry gewandt – und wieder mal gewonnen.

***

Kann mir mal jemand erklären, warum trotz jahrzehntelangen Hohns und Spotts auch heute noch die Gebrauchsanleitungen vieler technischer Geräte großenteils lückenhaft, unverständlich und voller Fehler abgefaßt sind?

***

Sehr geehrter Herr Bundespräsident,
natürlich bin ich mir darüber im klaren, daß Ihnen dieser Brief nicht
persönlich zu Gesicht kommt. Trotzdem hoffe ich, daß einer Ihrer
Mitarbeiter meine Klage als berechtigt und als mit der – da bin ich
mir sicher – vieler anderer Bürger übereinstimmend ansieht und irgendwann auch Ihr Ohr findet.
Es geht mir um die immer öfter in aller Öffentlichkeit zu hörenden,
zu sehenden und zu lesenden »Ferkeleien.« In unseren Theatern, in
Fernsehen und Rundfunk, in gewissen Zeitungen und Zeitschriften
können sich immer mehr Schmutzfinken äußern, die es natürlich auch
früher schon gab, die sich aber zunehmend erst in den letzten Jahren
in unerträglicher Art und Weise mit ihren Zumutungen in diesen
Medien äußern dürfen.
Auslösend für diesen Brief ist letzten Endes eine Rundfunksendung
im WDR – ich glaube im Sender WDR 5 – am Nachmittag eines
Rosenmontags, in welcher eine männliche Stimme mehrmals auf sehr
drastische Art und Weise von – ich umschreibe mal – körperlichen
Entsorgungsvorgängen und dorsalen Protuberanzen sprechen und
singen durfte.
Natürlich hätte man jeden Tag Gründe, sich über derartige öffentliche
Entgleisungen zu beschweren. So wurde beispielsweise – und dies ist
wirklich nur **ein** Beispiel unter Dutzenden – kürzlich in einer Sonntagszeitung über eine Theateraufführung in Hamburg berichtet, bei
welcher »Brüste abgeschnitten, Genitalien verpflanzt, Inzest getrieben,
Menschen vergewaltigt und von einem Arzt einem Gefangenen Heroin
ins Auge gespritzt« wurde.
Natürlich weiß ich, daß dies alles vom Grundgesetz (und dessen rich-
terlicher Ausprägung) als »Kunst« geschützt ist, und ich würde mich
nicht wundern, wenn auch die Rosenmontagsentgleisung als grund-
gesetzlich geschützter Teil der Erfüllung des Auftrags zur »Grundversorgung« des Publikums durch den öffentlich-rechtlichen Rundfunk
angesehen würde. Auch die Empfehlung, derartige Veranstaltungen

nicht zu besuchen oder einfach wegzuhören, liegt als Ratschlag für einen Ausweg nahe.

Dennoch meine ich, daß wir alle es dabei nicht bewenden lassen sollten.

Nun gibt es ja bei uns eine ganze Anzahl von tatsächlichen und von vermeintlichen Respektpersonen, die sich kritisch zu solchen Erscheinungen äußern könnten. Leider tut dies kaum jemand in der Öffentlichkeit, weil man unter Umständen

- Verunglimpfungen fürchtet
- Verluste von Wählerstimmen erwartet
- oder sogar finanziellen oder ähnlichen Schaden für sich erwartet.

So bleibt schließlich der Bundespräsident die einzige Autorität, die über diesen »Hindernissen« steht und zumindest versuchen könnte, der beklagten Entwicklung Einhalt zu gebieten. Ihr Wort würde vielleicht doch einigen Interpreten, Sympathisanten und Nutznießern ein Umdenken nahelegen.

Leider ist mir in der Vergangenheit kein Tätigwerden eines Bundespräsidenten in dieser Richtung bekannt geworden, obwohl ich ein intensiver Zeitungsleser bin.

Nun sagen meine Freunde, daß doch Briefe wie dieser überhaupt keinen Sinn hätten, weil sie gar nicht »ankämen«. Ich bin aber anderer Meinung und glaube zu wissen, daß man auch als Angehöriger der schweigenden Mehrheit etwas erreichen kann, wenn man im Gegensatz zur Regel mal »das Maul aufmacht«.

Abschließend hoffe ich, daß Sie Ihre Amtszeit in dem von mir gewünschten Sinne nutzen können – und wollen.

Mit freundlichen Grüßen und hochachtungsvoll

Ich frage mich, warum der französische Staatspräsident Chirac so wütend geworden ist, als der vorläufige irakische Präsident Deutschland und Frankreich als die »Zuschauenden« bezeichnet hat. Er hätte ja auch noch deutlicher werden können!

✳✳✳

Nun ist das große Waldsterben – The German Waldsterben – wieder aktuell. Zwar kommt der Bericht der Kommission erst im Dezember 2004 heraus, aber heute (Anfang November 2004) kann die Welt am Sonntag die Leute schon wieder vorsorglich verrückt machen. Das tut diese Zeitung mit Inbrunst seit vielen Jahren, wie man an folgendem, einige Jahre zurückliegenden Briefwechsel erkennen kann:

»Sehr geehrte Damen und Herren, die in Ihrer Zeitung »Welt am Sonntag« schon mehrmals veröffentlichte Anzeige mit der Überschrift »Täglich weniger Wald« stellt eine ganz erhebliche Desinformation Ihrer Leser dar. Wenn wir heute – am 8.11.1987 – lesen, daß »von 1980 bis heute im Durchschnitt täglich eine Waldfläche von mehr als 4 x 4 = 16 km^2 erkrankte, dann ist natürlich leicht auszurechnen, daß in dieser Zeit rd. 45680 km^2 »erkrankt« sind. Wie immer Sie das Wort »krank« verstehen wollen, bei einem Waldbestand von 70000 km^2 und unter Berücksichtigung der letzten Waldschadensberichte sind Ihre Angaben also schlicht falsch und sollten umgehend vor eventuellen weiteren Veröffentlichungen berichtigt werden.

Mit freundlichen Grüßen«

<u>Die Antwort lautete:</u>
»Sehr geehrter Herr …
herzlichen Dank für Ihre Postkarte. Zu unserer Anzeige darf ich Ihnen folgendes mitteilen: Die Zahlen der Erkrankungsbilanz in unseren Anzeigen wurden auf der Basis der Waldschadenserhebung 1985 erstellt. Durch die geringe Zunahme der Waldschäden im vergangenen Jahr sind

*sie natürlich zur Zeit nicht mehr aktuell und ergeben ein falsches Bild.
Die Anzeigenvorlagen haben wir zu Beginn des Jahres 1986 von der
»Stiftung Wald in Not« erhalten. Ihr Hinweis hat uns klargemacht, daß
die Zahlenangaben in der Anzeige durch den Zeitablauf überholt sind.
Für Ihr Interesse herzlichen Dank.«*
Wer nun denkt, damit hätte es sein Bewenden gehabt, der irrt. So
wurde folgender Brief nötig:
*»Sehr geehrte Damen und Herren,
ich hätte erwartet, daß nach Ihrem Schreiben vom 27.7.1987 die von
mir beanstandeten Zahlen korrigiert würden. Das ist jedoch bis heute – 24.11.1987 – nicht geschehen. Der von mir seinerzeit gerügte Text
(»Von 1980 bis heute erkrankte im Durchschnitt täglich eine Waldfläche
von mehr als 4 x 4 = 16 km²) ist völlig identisch mit dem neuen. Fortset-
zung eines Irrtums oder Absicht?*

Mit freundlichen Grüßen«

✳✳✳

Die Sorge um den Wald war Anfang der achtziger Jahre das be-
herrschende Thema der Umweltschützer. In jedem Herbst starb der
Wald – zumindest der Laubwald – aufs neue. Als größtes Unglück für
die Waldhypochonder aber galt bei den jährlichen Waldschadensbe-
richten ein <u>Rückgang der Zahl der »kranken« Bäume.</u>
Inzwischen haben unverdächtige Fachleute festgestellt, daß man aus
der Dichte der Blätter und Nadeln wohl kaum auf Krankheiten oder
ähnliches schließen könne, weil diese aus verschiedensten Gründen
variieren könnten. (Ist das etwa so zu verstehen wie der Zusammenhang zwischen Halbglatze und Volksgesundheit?)
Eine vom Bundeslandwirtschaftsministerium eingesetzte Kommission
von Forstwissenschaftlern aus Universitäten und Landesforschungs-

stellen hat dies inzwischen bestätigt, doch wurde »höheren Ortes« beschlossen, »aus Gründen der Kontinuität« zunächst am alten Verfahren der Schadenserhebung festzuhalten, obwohl neben dem Zustand der Kronen weitere Faktoren wie Bodenverhältnisse, Wasserhaushalt, Ernährungszustand, Schadstoffbelastung, Schädlingsbefall usw. ebenfalls beachtet werden müßten.

Gegen eine wissenschaftlich gebotene Revision der Waldschadenserhebungen gibt es eben starken politischen Widerstand aus Kreisen, die um ihre Glaubwürdigkeit fürchten müssen. Auch das Umweltbundesamt hält an der derzeitigen Art von Waldzustandsdiagnose fest. Dies kann nicht verwundern, hatte dieses Amt doch 1986 prognostiziert, daß bis 1995 der Holzzuwachs um 30 % zurückgehen und sich der volkswirtschaftliche Schaden auf 5,5 Milliarden DM jährlich belaufen würde. Tatsächlich aber sind die Waldfläche und der Holzzuwachs gestiegen. Betrug die Waldfläche z.B. 1993 noch 104 235 km², so waren dies 2001 immerhin 105 314 km². Der jährliche Holzeinschlag lag in den Jahren 1995 bis 1999 bei 39 Mio. Festmeter, danach bis 2003 bei durchschnittlich mehr als 46 Mio. Festmeter.

Hat unsere Regierung etwa die Widersprüchlichkeit eingesehen? Sie will nun (2004) dem »Waldsterben« u.a. mit der »Charta für Holz« begegnen, mit der in den nächsten zehn Jahren u.a. der Holzverbrauch um 20 % gesteigert werden soll. Verstanden?

Verstehen Sie dann eigentlich, warum wir noch Altpapier in immer neuen Verfahrensweisen sammeln müssen, wenn der Holzverbrauch gesteigert werden soll?

✶✶✶

Es ist erstaunlich, wie rasch und gründlich »Politiker/innen« ihre Überzeugungen revidieren können. So kommt die Grünen-Vorsit-

zende Claudia Roth auf ihrer Türkeireise zu der Überzeugung, daß alle früheren Geschichten von Kurdenverfolgungen – z.T. gar mit von Deutschland gelieferten Panzern – erfunden sind.
Sie sagt natürlich nicht, von wem!

✳✳✳

Die Queen hat sich also nicht bei uns entschuldigt! Sie hat offenbar die Zeichen der Zeit nicht erkannt. Schließlich hat »man« sich bei den Nachfahren der Sklaven, bei den Indianern, bei den Inuit, den Hereros und vielen anderen Völkern oder Volksteilen entschuldigt.
Neuerdings soll sogar – einem On-Dit zufolge – in Deutschland überlegt werden, sich bei den Römern wegen der Varusschlacht zu entschuldigen.

✳✳✳

»Ich werde eine Frau auf der Straße ansprechen.« »Ich werde im Restaurant das Tischtuch herunter reißen.« »Ich werde auf dem Marktplatz onanieren.«
So beginnt heutzutage ein Chor ein Theaterstück.

✳✳✳

Da wollte man mir doch kürzlich für das neue Auto das Kennzeichen **HAM-AS** geben.
Das habe ich aber vorsichtshalber abgelehnt.

✳✳✳

Autobahnen, Eisenbahnen, Gefängnisse (demnächst auch bei uns), Theater, Krankenhäuser – alles wird privatisiert und funktioniert dann – wenn man es glauben kann – besser und billiger als vorher mit Staatsbediensteten.
Sollte man nicht auch daran denken, den ganzen Regierungsapparat zu privatisieren?

Ein Haus in unserer Stadt wurde von seinen Bewohnern zu Weihnachten immer mit vielen Tausend Leuchten, Weihnachtsfiguren usw. illuminiert. Nachlassendes Interesse führte dazu, daß der Initiator dieses jährlich wiederkehrende »Event« jetzt ausfallen lassen mußte. Er hat aber schon eine neue Idee: Künftig wird er ein »Halloween-Haus« inszenieren.

Große Unglücke aller Art werden inzwischen nicht nur mit »runden« Gedenktagen in Erinnerung gehalten, sondern jedes Jahr. Offenbar besteht ein großes Bedürfnis in der Bevölkerung (oder bei Nutznießern?), sich immer nur an Nachteiliges zu erinnern. Auch gut für Gutmenschen!

Die derzeitige Hysterie über Dioxinfunde in Viehfutter und Eiern auf Bauernhöfen in NRW gibt Anlaß, andere Hysterien in Erinnerung zu rufen, als da waren

das Waldsterben, das Ozonloch, die zu nassen oder zu trockenen Jahre, der drohende Untergang von Inseln und Küstenregionen, die BSE-Krise, Elektro-Smog, der Glykol-Skandal, Bio-Lebensmittel, nun auch noch die Feinstäube …

Weiß eigentlich das Publikum, was 0,154 Nanogramm eines Schadstoffes sind? Oder gar ein Pikogramm? (Ein Piktogramm ist etwas anderes!) Natürlich nicht!

Ein anderer Gedanke hierbei ist die Frage, warum ich nicht besser in der analytischen Chemie aufgepaßt habe und nun Besitzer eines entsprechenden Untersuchungsinstitutes für Gifte aller Art bin, die in unserem Alltagsleben vorkommen sollen. Da ich zudem mit Phantasie gesegnet bin, hätte ich mir noch eine Menge anderer Bedrohungen einfallen lassen – und abkassiert!

Wer erweckt in Deutschland ein so großes Interesse für amerikanischen Basketball, daß in allen Zeitungen fast täglich darüber berichtet wird? Natürlich, unser Landsmann Nowitzki bei den Dallas Mavericks! Nowitzki rettet den Verein!

Ohne dieses »German Wunderkind« würde sein Verein längst abgestiegen und die Liga bei uns nur in Spezialblättern zu finden sein.

Wir sind eben doch große Patrioten!

Minister Struck hat gesagt: »Die Beibehaltung der Wehrpflicht ist unverzichtbar.« Ist etwas kompliziert ausgedrückt, oder?

✳✳✳

Auch in Großbritannien besteht das Problem der »Managergier« – nach Geld nämlich.
Die Automobilgesellschaft MG Rover hat im Jahr 2003 einen Verlust gemacht von 133 Millionen €, – davon 24 Millionen € bei den 5 Vorstandsmitgliedern.

✳✳✳

Vorstellung des Maskottchens für die Fußball-Weltmeisterschaft 2006 in Deutschland.
Es gibt ein Buch von Robert Bly, einem amerikanischen Lyriker, Essayisten und Neruda- und Rilke-Übersetzer mit dem Titel: *»Die kindliche Gesellschaft. Über die Weigerung, erwachsen zu werden.«*
Zurückkommend auf das Weltmeisterschaftsmaskottchen sollte man ein neues Buch schreiben: **»Die kindische Gesellschaft.«**

✳✳✳

Das Guiness-Buch der Rekorde:
Ansporn für alle *Möchtegern-Rekordinhaber-in-allen-möglichen-dämlichen-Angelegenheiten.*

✳✳✳

Ein Werbeplakat für das »neue, größere Ikea Kamen«:
»Nur hier spart man richtig Kohle«. Abgebildet sind drei Kumpels
nach der Arbeit, das heißt schmutzig von der Kohle. Einer der drei ist
sicher ein Türke, ein zweiter sieht auch nicht gerade deutschstämmig
aus, aber der dritte ist wohl Deutscher.
Ich dachte zunächst wieder an die Proklamation von Multi-Kulti,
dann aber war mir klar, daß die Nationalität der drei Bergleute sicher
mit den tatsächlichen Verhältnissen übereinstimmt.

✳✳✳

Neuer Beruf, zumindest in Japan: »Kobayashi ist zweifellos der
größte Esser, der jemals auf dem Planeten Erde gelebt hat«. Eloge
des Vorsitzenden des internationalen Verbandes für Eßwettbewerbe
für Kobayashi, nachdem dieser in acht Minuten 69 Hamburger ver-
schlungen hatte.
Nach dem Foto neben diesem Bericht muß man zugeben, daß seine
Speise keine Bonsai-Hamburger waren.
Aber meine Großmutter pflegte zu sagen: »Mit Eßsachen spielt man
nicht.«

✳✳✳

Neueste Umfrage:
1. Porsche und Aldi genießen in Deutschland den besten Ruf.
2. Die vier Konzerne, die das Adjektiv »deutsch« im Namen führen (Bank, Telekom, Post und Bahn) haben das schlechteste
   Renommee.

Anzeige in einer Zeitung:
»Das Album!
Zwischen Gewalt, Obszönitäten und Gerülpse wird Rapper Eminem politisch und greift Präsident Bush an.«
Bemerkungen:
   1. Können sich die US-Republikaner dagegen wehren?
   2. Über Geschmack läßt sich nicht streiten??????

»Der 73-jährige bekannte Entertainer hat die Hinterziehung von 900 000 € Steuern gestanden und diese nachgezahlt.«
Angezeigt hatte ihn eine 33-jährige verschmähte Liebhaberin, die er verleugnet hatte, als seine 86-jährige Lebensgefährtin von dem Verhältnis Wind bekam.
Das Leben ist ja so gefährlich!

Die armen Griechen! Nicht nur in den Jahren 2000 bis 2003 haben sie geschwindelt, um ins Euroland zu kommen, nein, auch zwischen 1997 und 1999 lagen sie über der 3 %-Grenze mit ihrer Verschuldung. Und wer regt sich am meisten darüber auf? Natürlich die Deutschen – und die anderen Sünder!
Typische Maßnahme gegen Sünder: »Anpassen« der Gesetze.

***

In NRW erhält die Polizei jetzt Kraftfahrzeuge mit einem einheitlichen Nummernschild, auf dem »NRW« steht. Die angeführten Vorteile dieser kostenträchtigen Neuerung sind genau so einleuchtend wie die Ausrüstung von Polizisten in mehreren Ländern mit neuen blauen Uniformen.
Man suche die »Schuldigen« unter den Nutznießern!

»**S**tütze aus dem Geldautomaten!«
Bisher erhielten Obdachlose ihre Sozialhilfe in bar bei den Sozialämtern. Das war viiiieeeel zu kompliziert. Nun sollen demnächst in Deutschland 400 Kassenautomaten aufgestellt werden, aus denen die Betroffenen ihr Geld ziehen können.
Das geht in Zukunft also viiieeeel einfacher: Die Hilfeempfänger müssen für die Nutzung zunächst einen Sachbearbeiter aufsuchen, der ihren Fall prüft. Danach erhalten sie eine Zahlungskarte für den Automaten, der den zustehenden Betrag genau ausspuckt. Die Karte bleibt daraufhin im Automaten und wird wiederverwendet. Ich denke mal, nach erneutem Aufsuchen eines Sachbearbeiters?!

Die Menschen lernen nichts aus ihren Erfahrungen, vor allem die Politiker. So wird immer wieder versucht, die Zusammenfassung von Ländern, Regionen usw. als die Ultima ratio darzustellen und zu lancieren. Man muß sich nur in den Weltnachrichten ein paar Jahre umgeschaut haben, um zu erkennen, daß die gegenteilige Entwicklung vorherrscht.

Muslime und Christen trennen den Sudan und die Elfenbeinküste,
Basken bekämpfen Spanier, Aserbeidschaner die Armenier, Kurden
die Türken, die IRA Großbritannien, die Hutus die Tutsis und umgekehrt, die Korsen die Franzosen, die Albaner die Serben, die Maze-
donier die Griechen, die Griechen die Türken … …
Aber was ist die Folge, wenn diese Regionen alle selbständig werden?
Die Atomisierung des politischen Atlas der Welt und nicht das Gegen-
teil. Man sehe die frühere Sowjetunion oder das frühere Jugoslawien.
Und immer mehr Hungerleider, die in ihren Miniländern und -regi-
onen nicht leben und nicht sterben können.
Allerdings gibt es eine Methode, dem Gegenentwurf zum Sieg zu
verhelfen: Die Bildung diktatorischer Regime an diesen Stellen der
Welt! Oder die Rückkehr der Kolonialmächte!
Unangenehmer Gedanke, nicht?

Letzte Meldung von Ströbele und Trittin (vor deren Verrücktwer-
den):
Wir brauchen einen oder zwei Feiertage für Muslime in Deutschland!
Und das nach dem gerade erfolgten, aber abgewehrten »Angriff« auf
den 3. Oktober!
Ich muß mich schämen, daß ich keinen Weg finde, solche Spinner
aus der Nutzung auch meiner Steuern ausschließen zu können. Ich
bedaure es, in einem Lande zu leben, wo maßgebliche Politiker sich
so weit vom Volkswillen entfernen können.
Ein Freund sagte, alle zur Strafe beschneiden, aber erst als Erwachsene,
da täte es richtig weh!

Der Amerika-Chef von Audi, Axel Mees, hat 8 Monate nach seinem Amtsantritt seinen Posten bereits wieder verloren. Er hatte öffentlich gesagt, was (fast) alle denken:

»Ich würde auch den Phaeton nicht kaufen, weil er das VW-Logo trägt und ich zu einem VW-Händler gehen müßte, wo die Verkäufer normalerweise Jetta und Golf verkaufen.«

Ich persönlich würde noch hinzufügen: »Und weil niemand weiß, ob man ihn mit »ä« oder mit »ae« ausspricht und ob man dann das »a« oder das »e« betont.«

Aber wie kann man nur seinen Aufsichtsratsvorsitzenden Piech so beleidigen?

In Anlehnung an die Werbung heißt es in diesem Fall:

»Jemand anderes durfte ihn 12 Monate lang fahren, jetzt sind Sie DRAN«. Herr Mees war »dran«!

Oder:

»Es ist nicht mehr als gerecht, daß Sie ihn nur einmal nicht gut fanden!«

Früher kreischten nur die ganz jungen Mädchen beim Auftritt ihrer Idole. Diese Krankheit ist heute auch eine der Erwachsenen.

Heute waren gegen Abend wieder die zwei Hauptspezies von Autofahrern unterwegs:

Die wenigen, die etwas Schönes vorhatten, – und die vielen, die nach Hause fuhren.

Nun wird es bald alle die ereilen, die seit Jahren oder Jahrzehnten den Multi-Kulti-Staat predigen. Sie werden bald sagen, daß sie sich eben geirrt hätten in der Annahme, daß man beliebig viele Ausländer – dazu aus anderen Kulturkreisen – integrieren könnte.
Plötzlich darf man wieder von unserer Leitkultur hören und lesen. Entsinnen Sie sich, lieber Leser, was seinerzeit, als Friedrich Merz von der CDU von Leitkultur sprach, für ein Aufschrei durch die linke und liberale Szene ging?
Nach dem »Aufwachen« der Holländer darf auch in Deutschland aufgewacht werden.

✳✳✳

Es gibt ja auch auf anderen Gebieten unseres Lebens erstaunliche Entwicklungen – in den Köpfen der Beteiligten.
Ich kann mich gut erinnern, daß vor 20 oder 30 Jahren die Hochspannungsleitungen der Stromversorger von den »ersten Grünen« angeprangert wurden und statt dessen unterirdische Verlagerung der Leitungen verlangt wurden.
Die gleichen Leute sprachen dann zur Zeit des Windräderbooms plötzlich sogar von der »Ästhetik eines Windparks«.
Dumm ist nur, daß man nun diese »Ästhetik der Windräder« einerseits und die »Landschaftsverschandelung durch die Überlandleitungen« gleichzeitig ertragen muß, weil man – wegen der Windflauten – ohne letztere auch auf erstere verzichten müßte.

✳✳✳

Vor einigen Jahren konnte man im Statistischen Jahrbuch für das Ausland erkennen, daß nur die Länder Ecuador mit 39,3 %, Venezuela mit 30,2 % und Österreich mit 25,3 % einen höheren Anteil ausgewiesener Naturschutzgebiete entsprechend einem Klassifizierungssystem der »International Union for Conservation of Nature and Natural Resources« als **Deutschland (24,6 %)** hatten.

Dennoch wünschten 90 % der Bundesbürger nach einer EMNID-Umfrage **zusätzliche** Nationalparks in Deutschland. Kennen diese Befürworter eigentlich die verschiedenen Arten von Schutzgebieten und deren Definition? Natürlich nicht. Es sind folgende:

Naturparks sind einheitlich zu entwickelnde und zu pflegende großräumige Gebiete, die sich wegen ihrer landschaftlichen Voraussetzung für die Erholung besonders eignen. Sie sind nach den Grundsätzen und Zielen der Raumordnung und Landesplanung für die Erholung oder den Fremdenverkehr vorgesehen.

Naturschutzgebiete sind rechtsverbindlich festgesetzte Gebiete, in denen ein besonderer Schutz von Natur und Landschaft in ihrer Ganzheit oder in einzelnen Teilen zur Erhaltung von Lebensgemeinschaften oder Lebensstätten bestimmter wildwachsender Pflanzen- oder wildlebender Tierarten aus wissenschaftlichen, naturgeschichtlichen oder landeskundlichen Gründen oder wegen ihrer Seltenheit, besonderen Eigenart oder hervorragenden Schönheit erforderlich ist.

Nationalparks sind rechtsverbindlich festgesetzte großräumige Gebiete von besonderer Eigenart, die zum überwiegenden Teil die Voraussetzung eines Naturschutzgebietes erfüllen und vornehmlich der Erhaltung eines artenreichen heimischen Pflanzen- und Tierbestandes dienen.

Feuchtgebiete, insbesondere als Lebensräume für Wasser- und Watvögel, sind Feuchtwiesen, Moor- und Sumpfgebiete oder Gewässer, die natürlich oder künstlich, dauernd oder zeitweilig, stehend oder fließend Süß-, Brack- oder Salzwasser sind, einschließlich solcher Meeresgebiete, die eine Tiefe von sechs Metern bei Niedrigwasser nicht übersteigen.

Das Wesentliche all dieser geschützten Gebiete wird allerdings erst im »Kleingedruckten« klar, z.B. daß in Teilen der Mensch nicht gern gesehen ist, daß dort kein Waldbau und keine Jagd stattfinden soll, daß jede Nutzung verboten ist, daß Wild nicht gefüttert werden darf, daß der Wald nicht aufgeräumt werden soll usw.

Zum Thema paßt die kürzlich in einer Zeitung veröffentlichte Meldung, wonach das »alte« Bundesumweltministerium die vom Land Niedersachsen geplante Errichtung eines »Nationalparks Elbetal« als »nicht die wesentlichen fachlichen Anforderungen erfüllend« negativ bewertet hat. Das niedersächsische Umweltministerium reagierte gereizt darauf und warf der Bundesbehörde vor, die Interessen der Energiewirtschaft, der Straßenbauer und der Schiffahrt über die des Naturschutzes zu stellen. Na, da hört sich doch alles auf!

Daß Bohrungen in diesem Nationalpark ausdrücklich untersagt werden sollen, ist sicher reiner Zufall und hat auf gar keinen Fall mit der Verhinderung des Endlagers Gorleben zu tun, ehrlich!

Wie ehrgeizig unsere Bundesländer in Ost und West beim Naturschutz sind, hat uns der Ministerpräsident des Landes Brandenburg bei der Eröffnung des mit **40 Millionen DM** geschaffenen **siebten Naturparks** in diesem Lande, des »Hoher Fläming«, im April 1998 gesagt, mit dem nunmehr 20 % des Landes von Großschutzgebieten überdeckt werden: »Schutz durch naturverträgliche Nutzung« werde im Naturpark Hoher Fläming konsequent fortgesetzt. Das hier entstehende Schutzkonzept verfolge nicht den klassischen und konservierenden Naturschutz, sondern einen »**progressiven Ansatz**«. Was mag man darunter wohl zu verstehen haben?

Von den Investitions- und Betriebskosten derartiger »Umweltschutzregionen« ist übrigens nur sehr selten die Rede. Vielleicht gibt dem einen oder anderen Befürworter einer weiteren Vermehrung von Nationalparks, Naturparks usw. zu denken, daß in den USA die Eintritts- und Einfahrgebühren für derartige Reservate sich ab 1999 beträchtlich erhöht haben, weil diese zunehmend verwahrlosen. Angeblich fehlen den Parks **10 Milliarden Mark** für Reparaturen und Modernisierungen. Es ist eben nichts umsonst im Leben!

***

Arnulf Baring abschließend zu einem Buch von Susanne Gaschke: »Die Erziehungskatastrophe – Kinder brauchen starke Eltern«: »Engagierte, an ihren Kindern vital interessierte Eltern sind – was sonst immer gesagt und geschrieben werden mag – einfach unentbehrlich. Eltern sind im Kern durch nichts und niemanden zu ersetzen.« Auch nicht durch »Tageseinrichtungen«, die den »Kindergarten« ersetzen sollen. Und vor allem nicht durch Adoption durch »gleichgeschlechtliche Partnerschaften«.

***

Schon lange betrachte ich spöttisch die sicher gutgemeinten »Tage zum ...«, die unseren Kalender befrachten. Im Internet fand ich 74 derartige »Tage«, an denen irgendeiner Idee gedacht oder einer Idee geholfen werden soll. Da gibt es einen »Welttag des Fernsehens« (von der UNO 1996 eingeführt), der aber selbst den Fernsehanstalten nicht bekannt ist, den »Tag des Waldes«, den »Feuchtgebietstag« und den »Weltwassertag«, alle sehr »lobenswert« obgleich völlig wirkungslos. Nun aber kommen auch inzwischen von Witzbolden erfundene Tage zur Geltung: Der »Weltlachtag«, der »Welttoilettentag« und der »Weltbevölkerungstag«. (Nein, nicht als Aufforderung gemeint.)

Alexa Kriene (Gästin bei Kerner) »spricht mit Engeln«, und Pastor Fliege (eigener Talkshower) glaubt daran und Udo Waltz (ebenfalls Gast bei Kerner) sowieso.
Da sitzen also verquere Typen in Senderäumen und verbreiten Unsinn in Potenz, ohne daß der »Moderator« oder auch nur irgendein anderer Teilnehmer (oder ein Zwischenrufer aus dem Publikum) sagt oder ruft: »Dies ist Schwachsinn für Schwachsinnige!«

Das großartigste Wort zur Kaufverführung ist das Beiwort »Designer«. Ich denke, daß es bald auch Designer-Klopapier geben wird. Hoffentlich verstopft es nicht die Kanalisation wie das »Feuchtpapier« in Großbritannien.
Ich werde natürlich weder Designer-Jeans noch Designer-Klopapier oder ähnliches kaufen.

* * *

Teilgedicht aus FAZ vom 24.11.2004:
… ausgezogen steht das register leer
 daß wir nicht mehr
sind ist keine stimmung
und es ist gewiß
nicht einfach
bloß gesagt

es ist dieses überharte bloß
gestellte bloßsein diese dampfende

bloßheit die nicht versiegt
der wir unsren sprachschatz schenken
unser nie geträumtes tränenreich

Die Zeitung druckt ja getreu einer Selbstverpflichtung (?) diese modernen Sprachungetüme (oder sind es nur Getüme?) immer wieder mal ab.
Lesen tut sie nur jemand, der auch gleichzeitig den Kopf schütteln kann.
Gut nur, daß sie nicht auch noch von einem Kunstbeflissenen erläutert werden!
Und noch eine Erkenntnis:
Der Autor des Gedichtes ist Anhänger der gemäßigten Kleinschreibung und Gegner der Rechtschreibreform, wie die Zeitung selbst.

Der frühere Bundeswirtschaftsminister und jetzige Chef der RAG-AG, Werner Müller, hat beim letzten Steinkohletag in Essen(2004) gemeint, daß man in Deutschland angesichts der Kohle- und Stahlpreisentwicklung nicht nur eine neue Kokerei, sondern auch ein neues Steinkohlenbergwerk brauche.
Mich erinnert das an die Jahre 1974/75, als wir nach 20 Jahren Niedergang des Steinkohlenbergbaus plötzlich eine Mangellage erlebten, die den damaligen Steinkohlebeauftragten der Bundesregierung, Dr. Woratz, auf den Zechen dafür werben ließ, durch Überstunden und Wochenendarbeit zusätzlich Kohle zu fördern. (Wie schon im Krieg die »Panzerschichten«.) Also ist Herr Müller auf dem richtigen Wege?
Leider war auch damals die »Renaissance der deutschen Kohle« nur ein kurzes Zwischenspiel in diesem Lande.

Auch diesmal werden unsere Politiker wieder zur Tagesordnung übergehen, die da heißt:

hoch die Windenergie,
hoch die Solarenergie,
hoch das Rapsöl,
hoch alle sonstigen erneuerbaren Energien:

nieder mit der Steinkohle,
nieder mit der Braunkohle,
nieder mit der Kernkraft!

Unser Strom kommt ja immer noch aus der Steckdose!!!!

Irgendwann kam eine örtliche Politikerin von einer Dienstfahrt nach
Frankfurt zurück und brachte als Idee den »ökologischen Lehmbau« mit
heim, mit dem dort eine Kita (Kindertagesstätte) errichtet worden sei.
Bislang fielen in unserer Stadt sogenannte Ökosiedlungen nur dadurch
auf, daß die Häuser wie die früheren Mittelgebirgsbauden aussehen.
Doch nun kam Bewegung in die Szene durch den Bericht: »Sorgt für
prima Raumklima – Lehmbau auch bald bei uns!«
Nun solle also auch bei uns eine »Kita« mit diesem »gesunden Ma-
terial« errichtet werden. Denn: *Gerade für Kinder, die immer mehr
unter Allergien leiden, eignet sich diese gesunde Bauweise. Schon kleinste
Lehmflächen verändern das Raumklima positiv.«*
So unsere »Ratsfrau«.
»Zwar kann nur von Juni bis November gebaut werden«, so der – na-
türlich – Professor für diese Fragen, dafür aber sind *»die Kosten bei*

richtigem Einkauf auch eher neutral«. Und weiter: »*Besonders schön ist gerade für Kindergärten, daß in die äußere Lehmverputzung Figuren oder Bilder hineingeritzt werden können.*« (Also offenbar eine Art von Lehmgraffiti.)

Aber es gibt noch weitere Vorzüge: »*Die Bauarbeiter gehen gern mit Lehm um, denn er zerstört nicht wie andere Baustoffe die Haut.*« (Man kann also zukünftig auch Handschuhe sparen.) Und weiter: »*Im Sommer liegen die durchschnittlichen Temperaturen in normalen Häusern bei rund 33 Grad, ein mit Lehm gebautes Haus hingegen liegt bei etwa 30 Grad.*«

Also wissen Sie, bei mir liegen die Temperaturen trotz konventioneller Bauweise im Sommer durchschnittlich erheblich unter 30 Grad Celsius. Oder waren hier etwa die Temperaturen in den Lehmhütten rund um den Äquator gemeint? (Die man übrigens auf einer Dienstreise mal besichtigen könnte, oder?)

Nun weiß ich nicht, warum unsere »Ökologische Stadt der Zukunft« immer noch nicht begonnen hat, das »feststeckende Lehmbau-Projekt« zu realisieren.

Vielleicht weil vorher noch einige Kleinigkeiten zu regeln bzw. zu berücksichtigen sind:

- Wie beseitigt man das negative Image und baut die Hemmschwellen gegen diesen »wunderbaren und unbestritten ökologisch höchst sinnvollen Baustoff ab, der langlebig, recyclebar und gesundheitsfördernd ist«?
- Als »systematischer Ansatz« sei zunächst ein »Lehmbaukataster« zu ermitteln, »damit Bauwillige künftig schon bei der Planung ihres Gebäudes wissen, ob sie auf dem Grundstück geeignete Lehmvorkommen haben«. Lehmbau also gewissermaßen mit Rohstoff »von eigener Scholle«.
- In einem weiteren Schritt »müsse eine Produktionsstätte für Lehmbausteine im Handstrichverfahren realisiert werden«, was eine »Qualifizierungschance für arbeitslose Jugendliche oder Langzeitarbeitslose« sei.

Man sieht, man hat sich auf sehr realistisches und einleuchtendes Terrain gewagt.

Bis heute habe ich mich oft gefragt, warum man in unseren Breiten unbedingt »Lehmbau« anwenden will, der ja eher für aride Klimazonen – bei Mangel an normalen Baustoffen – geeignet ist. Nun aber weiß ich es endlich, und es ist mir kaum verständlich, wie bei so vielen Vorteilen immer noch bei der Stadtverwaltung Skepsis bezüglich des Lehmbaus bestehen kann. Schließlich sprach man doch früher schon von einer Lehmkultur, zumindest in Nordafrika, Westsudan und im Niltal. Auch der Turmbau zu Babel soll nach ziemlich sicheren Erkenntnissen ein Lehmbau gewesen sein.

✳✳✳

Den jagdlich interessierten Leser möchte ich mal nebenbei fragen, ob er schon einmal etwas von der *»nicht tödlichen Vergrämung des Kormorans«* gehört hat.

PS: Ergänzend zu einem diesbezüglichen Runderlaß hat das Umweltministerium NRW kürzlich mitgeteilt: *»Im Anschluß … ist die Frage erhoben worden, ob mit der Untersuchung … zur nicht tödlichen Vergrämung des Kormorans von der Lenne das Verscheuchen des Kormorans ansonsten verboten sei. Da der Kormoran nicht zu den vom Aussterben bedrohten Vogelarten der Bundesartenschutzverordnung gehört, bedeutet dies, daß Kormorane ohne eine Ausnahmegenehmigung nach § 20 g Abs. 6 Nr. 1 und 2 BNatSchG verscheucht werden dürfen …«*

✳✳✳

Immer öfter fühle ich mich beim Lesen des Feuilletons der FAZ oder der Seite »Kultur lokal« in der Heimatzeitung mit meinen Ansichten über Kunst und Kultur isoliert und frage mich, woran das liegen könnte. Wahrscheinlich bin ich ein Banause.

So lese ich im Dezember zum Beispiel über eine Düsseldorfer Ausstellung:

»Ungefähr 35 m lang und 10 m breit gibt der Raum eine enorme Flucht und Richtung vor …Ungefähr in der Mitte einer Schmalseite liegen zwei der stählernen Zylinder mit ihren Durchmessern gegeneinander. Drei kleine Zylinder stehen rechts davon entfernt, nahe nebeneinander. Neben dem Eingang liegt die Kugel … Die Perspektive ist bestechend klar, aber ein bildhaftes Außen …(!)

In den wechselnden Perspektiven und der Befindlichkeit des Betrachters als Teil des Werkes erfährt man die Intention des Künstlers …«

Zu einem Bild mit dem Titel *»Nähe Wattenscheid oder die Frau in Weiß auf den Bergen«* hieß es:

»Wie sieht die Frau in Weiß auf den Bergen aus? Abgehoben und vielleicht auch weiß. Die Form schwebt, hat Rundungen wie eine Wolke, aber auch Ecken und Spitzen. Hellgraue Flecken auf dunkelgrauem Grund lassen die Form flächig erscheinen. Darin zwei weitere Flächen mit Ecken und Rundungen, beide von einer schwarzen Linie eingefaßt. Das ganze könnte auch ein Gefühl wiedergeben, das man nahe Wattenscheid hat, wenn man dort ein Graffito sieht.« So erklärend der Künstler. Und weiter: *»Die Titel entspringen oft einer spontanen Eingebung. Die Frau in Weiß auf den Bergen«* hat mit Mallorca zu tun, auch mit einer alten Sage, und eben mit Wattenscheid.«

Nun, haben Sie verstanden? Aber weiter:

»Ein anderes Werk ›Green Giant‹ beschränkt sich auf wenige gestalterische Elemente, eine sattgrüne Leinwand, über die sich eine bogenförmige Linie zieht, auch sattgrün, aber glänzend. Die ganze Spannung, die ganze gigantische Kraft bezieht das Bild aus dem Grün und aus der Form des Bogens. Aber die muß auch perfekt sein. Die maximale Krümmung so einer Linie darf keinen Zentimeter nach unten oder nach oben rutschen. Dann wäre die Spannung weg, das ganze Bild würde zusammenbrechen, lasch und flau werden.«

Natürlich, so ist es! Meinen Sie nicht auch? Und noch ein Beispiel:
»Die ›Tessiner Steinblätter‹ sind die eindruckvollsten Arbeiten der Ausstellung. Auf vom Wasser gerade benetzte Steine in einem Tessiner Flußbett hat der Künstler mit Tusche getränkte Blätter gelegt und dann an der Sonne getrocknet. Die Oberflächenstruktur der Steine hat sich den Blättern mitgeteilt und eingeschrieben wie bei einer Lithographie. Schöner kann man die ästhetischen Parameter einer aus dem Informel sich ableitenden strukturellen Ästhetik kaum demonstrieren.«

Zum hier beschriebenen Kunstwerk war der Künstler abgebildet, der in einem großen Raum inmitten zahlloser am Boden liegender Blumenkästen – oder sind es Pappkartons? – stand, die er – sicherlich einschließlich seiner Person – ebenfalls als Gesamtkunstwerk betrachtet wissen wollte.

Ich denke mir, solange es nicht gelingt, uns auch einmal öffentlich über solchen Nonsens »kaputtzulachen«, so lange wird es mit diesem Schwachsinn immer weitergehen, zumal es ja dabei auch meistens um Geld geht, und zwar auch um öffentliches Geld.

Im Zusammenhang mit dem vorstehenden Beitrag las ich seinerzeit, daß eine etwa 15 mal 20 cm große »Installation« – genannt die **Capri-Batterie** – von Joseph Beuys auf der EXPO 2000 das *»aussagekräftigste und geheimnisvollste Exponat im deutschen Pavillon«* gewesen sein soll. Die aus einer »Zitrone und einer gelben Glühbirne mit Fassung« bestehende Installation symbolisiere die für NRW zentralen Themen »Energie« und »Kulturlandschaft«. (Ministerin Ilse Brusis.)

Je älter man wird, um so mehr Briefe mit Spendenbitten erhält man. Nein, das hängt nicht nur damit zusammen, daß man die Senioren für besonders mildtätig oder besonders reich hält, es ist vielmehr auch die Folge des häufigeren Ablebens im gleichaltrigen Verwandten- und Bekanntenkreis. Dort wird immer öfter gebeten, anstelle von Blumen oder Kränzen eine Spende »im Sinne des Verstorbenen« an eine mildtätige Organisation zu überweisen. Wenn man so erst einmal in deren Akten enthalten ist, wird man regelmäßig – meistens zu Weihnachten – an eine Wiederholung erinnert.

Literatur

Leseprobe aus Books on Demand GmbH:
Von Elfriede Jelinek:

ende
vogel herbst
durch das feld von
wilden zungen
rauscht
der schreiendsüße
herbstwind
gehn
die hüterinnen
durch das
flatternde zungen feld
schneidet
die ruten frau
der wind ist ein
achteckiger raum

nachtigallen zungen stumpf
geworden an
dem feder gitter
unsrer balkons
wem kann ich mich
anvertraun?
vogelköpfe getrieben
vom schwarzen
most herz
blutig aus weinigen
wimpern
singend
und das feld ist
eine sichel die
hüterinnen eine
tulpe
hindurch
(Könnte man denn nicht wenigstens die Zeilen zwecks Papierersparnis
etwas voller schreiben?)

Es gibt alle möglichen »Partnerschaften« in Deutschland außer Frau
und Mann: Frau und Frau, Mann und Mann ….
… aber »Zeugungspartnerschaften« sind rar geworden.

***

Auch die 2. PISA-Studie ist wieder für Deutschland blamabel ausgegangen. (Fast erinnert das an die Rangliste der Pannenhäufigkeit an Kraftfahrzeugen, wo wir ähnlich schlecht abschneiden.)

Für die Pisaergebnisse sind nun immer die Schulen, die Lehrer und der Staat verantwortlich. Die Eltern aber nie! Und natürlich der soziale Status des Elternhauses.

Der Staat vor allem, weil er nicht genügend »Kindertagesstätten« baut und unterhält. Auch den Kirchen wird dies vorgehalten.

Der Sinn der früher sogar international so genannten Kindergärten ist, die Kinder zu beaufsichtigen, damit die Eltern beruflich tätig sein können.

Aber auf welchen Arbeitsplätzen????

✳✳✳

Nun hat auch noch die OECD in die Problematik der fehlenden Kindergärten eingegriffen und festgestellt, daß man schon für die Einjährigen ein entsprechendes Angebot bereithalten müsse. Offenbar werden Eltern überhaupt nicht mehr gebraucht, denn die Vereinbarkeit von Berufstätigkeit und Kindererziehung kann ja nicht der Grund sein, weil es ja keine Arbeitsplätze mehr gibt. Auch arbeitslose Mütter und Väter wollen also ihre Ruhe haben vor ihren Blagen. (So nennt man in Westfalen die Kinder.)

✳✳✳

In unseren Ortschaften wird eine erfolgreiche Arbeitsbeschaffung sichtbar. Hersteller von Kraftfahrzeuganhängern werden durch »Werbung am Straßenrand« intensiv gefördert, zwar nicht ganz legal, aber wirksam. Zwar machen die Hersteller nicht für sich Reklame, sondern für Unternehmen, Dienstleister, Geschäfte usw.

93

Wo ein Standstreifen ist, stehen die Werbeträger (und wechseln vorsichtshalber öfter ihren Standort).

✳✳✳

Als gestern wieder 5 oder 6 »Hochzeitshupautos« meinen Weg kreuzten, fiel mir ein, daß ich mich an so etwas gar nicht beteiligen könnte. Um nicht mit Fans irgendwelcher Fußballklubs verwechselt zu werden, binden nämlich die Hochzeiter an ihre Radioantennen kleine weiße Tüchlein. Da meine KFZ-Radio-Antenne in der Front-(oder Heck?)-Scheibe eingeschweißt ist, kann ich keine Tüchlein, welcher Farbe auch immer – anbringen.

✳✳✳

»Folter in der Bundeswehr«.
Diese Überschrift und die dazu veröffentlichten Stories lassen wieder einen Schrei der Empörung über das Land brausen. Und das noch nach der Folterdrohung des Vizepräsidenten der Frankfurter Polizei gegen einen Mörder!!! Ist es nicht auch schon Folter, wenn die armen Rekruten von ihren Offizieren und Unteroffizieren über den »Exer« (Exerzierplatz nannte man das früher, ich bin mir nicht sicher, ob man das heute noch sagen darf) gehetzt werden? Und das womöglich mit Gepäck und Waffen?
Ich weiß noch genau, daß ich im letzten Krieg eines der drei 20 – 40 kg schweren Hauptteile eines 8 cm-Granatwerfers auf dem Rücken (oder das Rohr auf der Schulter) tragen mußte. Und alles ohne psychologischen Beistand!
Nun kam es auch in Hamm zu einem schlimmen »Geiselspiel« – und dann noch bei den Sanitätern! Bei der »Übung« einer Geiselnahme wurden doch tatsächlich einem Rekruten die Hände gefesselt.
Und das Schlimmste, was man sich vorstellen kann: »Der Komman-

deur befand sich, als die Meldung verbreitet wurde, bereits im Feierabend.«

$$***$$

Da sind die Kleingärtner durch eine Schutzwand gegen den Lärm eines angrenzenden Gewerbegebietes geschützt worden, nun beklagen sie sich, wegen des Blickes auf diese.
Die Verwaltung geht leider nicht auf ihre Forderung nach Pachtminderung ein, sondern läßt rasch wachsende Bäume pflanzen.

$$***$$

Die Ergebnisse der Lernstandserhebung »VERA« der 4. Klassen in NRW bleiben geheim. »Vergleiche sind nicht angestrebt«, so der zuständige Schulamtsdirektor.
Keine Sorge, es wird doch alles bekannt werden. (Bekannt in zweierlei Bedeutung des Wortes.)

$$***$$

Die Semestergebühren nach Überschreitung der Regelstudienzeit haben zu einer beachtlichen Reduzierung der Studentenzahlen geführt.
Die Betroffenen haben es wohl nicht so ganz ernst gemeint mit dem Studium. Und ich hatte immer schon Besorgnisse, die fertigen Stu-

denten würden großenteils arbeitslos. Aber sie waren es wohl schon vorher!?
Und dann noch die Meldung von Tausenden von Bafög-Betrügern, die nunmehr der Verfolgung harren!
Not lehrt beten – und die Augen offen halten.

Mein (inoffizielles) Unwort des Jahres:
Integration, mit allen möglichen Verbindungen.

14,8 % der Menschen (in NRW) müssen mit weniger als 604 Euro pro Person – wohl im Monat – auskommen. Sind das für eine Familie mit zwei Kindern nicht etwa 4800 DM? (Ich kann noch nicht mit Euros rechnen.) Und das ist Armut?

Nach Meinung des Parlamentarischen Geschäftsführers der Grünen-Fraktion haben die Mißhandlungen die Schwächen der Wehrpflicht gezeigt.
Die Frage ist also, ob derartiges bei einer Berufstruppe nicht vorkommt oder ob es dort zulässig sein soll. Oder kann man die Bemerkung auch noch anders verstehen?

***

Der Baukonzern Hochtief soll künftig das Nürnberger Frankenstadion betreiben. Hochtief erwirbt neben den Werberechten auch die Namensrechte.
In Nürnberg befürchtet man nun, daß das Frankenstadion zukünftig Hoch-Tief-Stadion heißen könnte, – als Hinweis auf häufigen Ab- und Aufstieg des 1. F.C. Nürnberg.

✳✳✳

In Aachens Nähe konnte ein großes Gewerbeprojekt nur mit Mühe nach 5 verlorenen Jahren realisiert werden, weil auf dem Gelände Feldhamster vermutet wurden. Gesehen hatte sie niemand, aber »sie sind auch sehr scheu«.
Eine weitere möglicherweise vorhandene Hamsterpopulation gefährdet nun auch den Bau eines Braunkohlekraftwerkes bei Grevenbroich, wo die RWE 2 Milliarden Euro investieren will. Auch hier sind die Tiere bislang nicht gesichtet worden.
Ein Sprecher des Energiekonzerns: »Wir sprechen über drei leere Hamsterbaue und 2 Milliarden Investitionen«.

✳✳✳

Stimmen aus dem Internet zum »Soldatenquälen«:

1. Schreiber:
Nicht, daß ich diese Fälle als lobenswert empfinde, aber was wird der deutschen Öffentlichkeit für ein Possenspiel gezeigt? Jeder, der nur einen Tag eine Uniform, gleich welcher Nation getragen hat, kann über derartige »Rituale« berichten und wird mir vorbehaltlos recht geben. Nein, diese Dinge sind keine Ausnahme in der Bundeswehr und ich

will sie auch nicht verteidigen, sondern Normalität. Auch die »Betroffenheit« heuchelnden Verantwortlichen, von den Ausbildern, Offizieren, bis hin zum Minister, wissen dies.

Warum gibt es solche Vorfälle? Die Gründe sind vielfältig, vom »sich beweisen wollen« bis hin zum »nicht als Weichei« zu gelten. Die Vorgesetzten tolerieren wissentlich diese Rituale und sehen es als Disziplinierungsprozeß der Unterführer gegenüber den Mannschaftsdienstgraden an.

Die Aufforderung, solche Dinge zu melden, ist völlig abwegig. Wer das macht, gilt sogar unter seinen Kameraden meist als »Kameradenschwein«.

2. Schreiber:

Was paßt jetzt besser in die Landschaft als eine Bundeswehr, die auch noch von innen heraus stinkt? Also decken wir doch schnell einige Dinge auf, die man dem Souverän als menschenverachtend verkaufen kann. Alle hüpfen darauf und schon ist das Hauptthema – das eigentlich wichtige Thema »Wie bleibt unsere Regierung ohne Möglichkeiten der Landesverteidigung in Zukunft außenpolitisch handlungsfähig« vom Tisch. Mehr noch, die Anti-Bundeswehrstimmung steigt. Die sind unglaublich clever diese Politiker, und die Presse so unglaublich blöd, da mitzurennen wegen der Auflage.

Wir haben uns als Kinder an den Baum gefesselt, zum Schein erschossen, die Augen verbunden und uns im Keller im Dunkeln einschließen lassen. Uns war arg bange. Aber wir haben dadurch unsere Motorik und unsere Fähigkeiten der Orientierung und der Geduld geübt. Und das soll jetzt bei der Bundeswehr illegal sein. Menschenverachtend? Ich glaub's nicht. Ich habe mich zwei Jahre bei der Bundeswehr durch die Grasnabe gegraben, gefroren im Wald, geschwitzt bei den Märschen. Und am Abend haben wir gefeiert und sind ins Kino gegangen. Auch mit den Ausbildern.

Laßt euch nicht verarschen. Die Armee, die dem Soldaten sagt: »Würden Sie bitte so freundlich sein, den Feind zu erschießen« die wird es nicht geben. Was ich in zwanzig Jahren Berufsleben erfahren hab, schlägt die Ereignisse bei der Bundeswehr um Längen, und das geht euch genauso. Denkt mal darüber nach.

3. Schreiber:
Endlich kann mal wieder auf Vorgesetzte losgeknüppelt werden. Hölle Bundeswehr! Da kann man doch nur noch lachen. Richtig wäre: Kindergarten Bundeswehr. Diese armen Soldaten. Was sage ich? Soldaten? Wohl für viele eine völlig falsche Bezeichnung. Ich war übrigens in den 60er Jahren bei den Gebirgsjägern. Da wurde knüppelhart aber fair ausgebildet. Hat keinem geschadet, im Gegenteil.
Eines steht fest: Jegliche Aktionen, die dem reinen Machthunger von Vorgesetzten dienen, sind fehl am Platze. Diese Vorgesetzten übrigens auch. Allerdings sehen heute auch viele »Soldaten« die Bundeswehr als Freizeitgestaltung im Staatsdienst an. Heute eingezogen, morgen schon für ein langes Wochenende wieder nach Hause. Lächerlich. Weshalb gibt es denn so viele Wehrdienstverweigerer? Nicht, weil diese jungen Leute etwas gegen die Bundeswehr als solche haben, nein, weil sie sich nicht ein- bzw. unterordnen wollen. Nur sich nicht von jemandem etwas sagen lassen. Genau diese Haltung findet man heute überall, auch im normalen Berufsleben. Schon Azubis kennen ihre Rechte in- und auswendig, nur mit den Pflichten hapert es.
Einen Befehl – als Soldat – sofort auszuführen, kann im Ernstfall über das eigene Leben entscheiden. Da kann man nicht erst diskutieren, ob das zulässig ist.
Ein ganz entscheidender Punkt in der Ausbildung ist, den Sinn und Zweck einzelner Ausbildungsmaßnahmen begreiflich zu machen. Dann steht auch jeder, der ausgebildet wird, dahinter, egal, was es im Einzelnen ist. Insofern müßten Ausbilder psychologisch und pädagogisch besser geschult sein.
Fazit: Militär ist Militär und Kindergarten ist Kindergarten. Hier die

harte Ausbildung von Männern, dort die liebevolle Betreuung von kleinen Kindern.

Weshalb denkt denn keiner auf der Welt darüber nach, Bundeswehrsoldaten als Kampfeinheiten in Krisengebieten einzusetzen? Bestimmt nicht, weil wir zu hart ausbilden und unsere Einheiten zu hoch qualifiziert sind. Nein, weil genau das Gegenteil der Fall ist.

In meiner Bundeswehrzeit war ich beteiligt an »Übungen«, in denen Ranger ihre Prüfung ablegten. In der heutigen Zeit würden die alle vor Gericht stehen.

Es gibt nur 2 Möglichkeiten: Entweder nur Berufssoldaten oder die Bundeswehr abschaffen. Alles andere ist rausgeschmissenes Geld.

4. <u>Schreiber:</u>

Zu meiner »Wehrmachtszeit« gab's auch mal so eine Phase: Damals nannte man die Bundeswehr »German-Hair-Force«. Tatsache aber ist, daß die Waschweiber, Superemanzen und Sitzpinkler-Brigaden schon zu lange bestimmen, was in diesem Lande geschieht. Es wird höchste Zeit, daß aus den Weicheiern von Jugendlichen mal wieder zuverlässige und charakterlich anständige Menschen gemacht werden. Und dazu hat die Bundeswehr früher allemal ein gut Teil beigetragen. Diese von unfähigen »Eltern« erzogene Egoistentruppe soll beizeiten wieder lernen, daß das »Ich« einen alten Scheiß gilt, sondern nur das »wir« etwas zählen kann.

(Ich denke, jetzt wird's wieder genug »Hüpfer« im Forum geben, die mich in die braune Ecke stellen wollen – interessiert mich aber einen feuchten).

Wenn heute der Ernstfall eintreten würde für Deutschland, so wäre das Ganze von vornherein verloren da man erst mal diskutieren muß, ob ein Ausrücken oder Kampfeinsatz überhaupt unter medizinischen, arbeitsschutzrechtlichen oder sonst irgendwelchen genossenschaftsrechtlichen Erfordernissen zulässig ist. Wenn dies alles bejaht werden

könnte, müßte man sich sicher erst mal über die Überstunden unterhalten …

***

In den Landeshaushalt NRW sind auf Wunsch von Familienministerin Fischer Fördermittel in Höhe von 699 000 € für »Maßnahmen
zur Förderung gleichgeschlechtlicher Lebensformen« eingestellt worden. Was mag denn zukünftig sonst noch alles gefördert werden? Ist
denn Frau Fischer überhaupt noch Familienministerin oder eine für
Schwule und Lesben?

***

Bei der letzten Fernsehübertragung von Fußballspielen sind mir
wieder einige Foul-Schauspielereien aufgefallen. Ein Stürmer flog im
gegnerischen Strafraum – ich denke mal – einen neuen Weltrekord
über ca. 8 m, ohne daß ihn ein Gegner ernsthaft berührt hatte. Wir
mußten früher in der Schule im Bodenturnen über eine ganze Reihe
von niedergehockten Mitschülern »fliegen«, daher weiß ich, daß die
gesunde »Ankunft« in solchen Fällen einiger Übung bedarf.
Meine Frage: Wird das bei den Clubs in besonderen Trainingseinhei-
ten gelehrt?

***

Die »Schwalben« beim Fußballspielen sind natürlich viel risikorei-
cher als das einfache »Umfallen« nach Tätlichkeiten eines Gegners. Ich
denke, daß dies nicht nur entsprechende Körperbeherrschung, sondern

auch schmerzbetonte Schauspielkunst erfordert. Auch das »Timing«
für das Erreichen des Rasens beim freien Umfall will gelernt sein.
Es gibt aber auch dabei Spaßverderber. So Torwart Kahn vom FC
Bayern München, der kürzlich einen Gegner bei der Nase faßte, sicher
nicht, um sie ihm zu putzen. Aber er hielt diese Nase eine gute Weile
fest, so daß ein schmerzerfülltes Hinsinken des ganzen Spielers erst
danach nicht mehr so richtig glaubwürdig erschienen wäre.
(Selbst der Schiedsrichter fand die Nummer gut und verhängte keinen
Freistoß, schon gar nicht gegen »die Bayern«!!!)

✷✷✷

»Udo« (Waltz) und »Sabine« (Christiansen, von ihrer Sprecherin wird
aber betont, daß sie nur Schirmherrin ist) haben einen Luxusladen für
Hunde eröffnet.
Die gute Lederleine mit »Titanschließe« kostet 495 €, das Freß- und
Trinknapf-Ensemble ist von KPM. Wenn der Napf fällt, sind 1190 €
im Eimer. Ist aber alles für einen guten Zweck.

✷✷✷

Christiansen hatte in ihrer Sendung Bill Clinton wegen der »Prak-
tikantin« und seiner Präsidentschaft rigoros angegriffen.
Vertraute Clintons ließen wissen, daß er fast aufgestanden und gegangen wäre.
Warum tat er es denn nicht? Und warum haben so viele in Talkshows
vorgeführte Politiker ebenfalls nicht den Mut oder die Charakter-
stärke?

✷✷✷

102

Ich habe mich schon oft gefragt, ob es bei den Rundfunkanstalten eigentlich Chefs gibt, die – bei aller Redaktionsfreiheit – dem einen oder anderen öffentlich auftretenden Mitarbeiter hin und wieder einmal den Marsch geigen.

Ich würde mir sofort Frau Anne Will vorknöpfen und sie fragen, ob sie nicht mal ihre Mimik – vor allem bei schlimmen Nachrichten – überprüfen und diesen sarkastisch-ironischen Zug wenigstens zeitweilig aus ihrem Gesicht verbannen wollte. Anderenfalls sollte man sie einfach in den Hörfunk »umsetzen«.

Nun gibt es wieder die PISA-Kommentare! Und die vielen Vorschläge vom frühestkindlichen Kindergarten (Kita) ab Geburt, Wegfall von Schulformen, Zentralisierung von Bildungsinstitutionen und -inhalten, mehr Verantwortung für die einzelnen Schulen, Klagen über die Vernachlässigung der Kinder der Unterschichten und der Migranten …

Mir fehlen hier immer die <u>deutlichen</u> Worte an die Eltern, seien sie allein, zu zweit oder zu dritt usw. erziehend, daß sie allein die Verantwortung dafür haben, ob aus ihren Kindern »was wird« oder nicht.

Die schwachen Leistungen in PISA veranlassen mich zu überlegen, was denn wir Älteren als Jüngere in unserer Schulzeit gemacht oder anders gemacht haben als die heutige junge Generation.

Eine wichtige Feststellung dabei ist, daß es zur damaligen Zeit **kein Fernsehen und keine Computer** gab!

Man stelle sich vor, die von der Wissenschaft oder den Meinungs-

forschern ermittelten Zeitspannen, welche die »Schulkinder« vor den »Glotzen« und bei Computerspielen zubringen, würden auch nur teilweise mit Lernen zugebracht!
Sagen die Elternhäuser oder Erzieher ihren Sprößlingen eigentlich nicht, wovon es im Leben abhängt, einen ordentlichen Platz in der Gesellschaft zu finden?
Oder sind entsprechende Ge- und Verbote vielleicht doch schon Folter oder wenigstens seelische Grausamkeit?

✳✳✳

Früher hörte oder las man oft über Scheidungen von »Prominenten«, bei denen »seelische Grausamkeit« als Grund genannt wurde.
Heute werden alle möglichen Gründe angeführt, aber Seelen gibt es offenbar nicht mehr.

✳✳✳

Nun hat es Hermann-Josef Arentz voll erwischt, den Vorsitzenden der Arbeitnehmer in der CDU.
Werden die »Ahnungslosen« eigentlich nie von einer inneren Stimme gewarnt, daß in solchen empfindlichen Bereichen <u>alles, aber auch alles</u> an das Licht der Öffentlichkeit gebracht wird?
Sind solche Prominente eigentlich wirklich dumm, oder zeigt eine vielleicht viel größere Zahl von nicht Aufgefallenen das Gegenteil an?
Und nun auch noch Laurenz Meyer! Mein Gott, Meyer!!!!
Wäre diese Art finanzieller Dummheit nicht mal einer Dissertation wert?

✳✳✳

Der sogenannte Armutsbericht der Bundesregierung spricht nicht mehr wie noch vor einigen Jahren von der »neuen Armut«, von der die Bundesrepublik befallen sein soll, sondern von der Zahl der Betroffenen.

Der tägliche Augenschein läßt mich diese Meldungen mit großer Skepsis zur Kenntnis nehmen. Dazu folgende Hinweise:

- Kinder bekommen von ihren Eltern und Großeltern immer mehr Geld in die Hand, so daß heute schon die Altersgruppe ab 14 Jahre zu den »werberelevanten« Personenkreisen und bevorzugten »Werbungsopfern« gezählt und auch so behandelt wird.
- Sie geben im Jahr 300 € für ihr Handy aus, sicher auch kein selbstverdientes Geld.
- Große Teile der Rentnereinkommen gehen – wie man in Meinungsumfragen erfährt oder in der Nachbarschaft sieht und hört – an Kinder und Enkelkinder.
- Die Kraftfahrzeuge in der Wohnumgebung werden größer, teurer und zahlreicher,
- Der Verzehr von Schaumwein nimmt von Jahr zu Jahr zu.
- Der Umsatz der Lottogesellschaften weitet sich ständig aus.
- Die Zahl der Urlaubs- und Kurzurlaubsreisen ins Ausland und die Ausgaben der Haushalte für die Touristik weisen von Jahr zu Jahr enorme Steigerungsraten auf.
- Es werden immer mehr Freizeitanlagen und –einrichtungen geschaffen, deren Besucherzahlen von Jahr zu Jahr steigen, und mit ihnen natürlich die Umsätze.
- Es kommen immer mehr neue und neuartige Sport- und Spielmittel auf den Markt, und werden auch gekauft.
- Es wird immer mehr Geld für Genußmittel (Alkohol, Tabakwaren, Alcopops) ausgegeben.
- Die Spareinlagen inländischer Privatpersonen steigen von Jahr zu Jahr ...usw. usw.

Diese Beispiele sollen natürlich nicht bedeuten, daß es nicht tatsächlich Notleidende in unserer Gesellschaft gäbe, um die man sich besonders dann, wenn diese Not unverschuldet ist, intensiv kümmern müsse.

Fast jeder weiß heute, daß per definitionem derjenige arm ist, der weniger als die Hälfte des durchschnittlichen Einkommens der Gesamtbevölkerung verdient (bzw. bekommt).

Auch in anderen Ländern ist die Wahrnehmung der Armut mit Definitionsschwierigkeiten verbunden. So sollte man einige Daten aus den USA mit Erstaunen zur Kenntnis nehmen. Dort waren vor einigen Jahren nach einer Gallup-Umfrage 85 % der Amerikaner mit ihren persönlichen Lebensumständen zufrieden. Nach einer Studie des Statistischen Amtes des Handelsministeriums hingegen lebten gleichzeitig 30 % der US-Bürger in Armut.

Ja, ja, Statistik ist schon etwas Wunderbares!

Und, wie man sieht: Auch Armut macht glücklich!

✳✳✳

Bleiben wir noch bei der Armut, aber was ist Armut?

1: Armut nach EU-Definition
»Jene Personen sind arm, die über so geringe materielle, kulturelle und soziale Mittel verfügen, daß sie von der Lebensweise ausgeschlossen sind, die in dem Mitgliedstaat, in dem sie leben, als Minimum annehmbar ist.«

2: Armut nach NAK-Definition
(Nationale Armutskonferenz, ein Zusammenschluß von Wohlfahrtsverbänden, Kirchen, Selbsthilfegruppen und Deutschem Gewerkschaftsbund)

»Der Bezug von Sozialhilfe ist gleichbedeutend mit Armut.«

3: Armut nach DIW (Deutsches Institut für Wirtschaftsforschung)
»Ausgangsbasis ist das durchschnittliche Nettoeinkommen einer vierköpfigen Familie. Wer über weniger als 60 % davon verfügt, ist »armutsnahe«, wer über weniger als 50 % verfügt, befindet sich in »mittlerer Armut«, wer über 40 % und weniger verfügt, lebt in »strenger Einkommensarmut«.
Jeder Bürger, der nicht gehalten ist, sich wegen politischer Überzeugungen oder Erwartungen solchen ungewissen Formulierungen und Definitionen anzuschließen, sollte einmal »ohne Betroffenheit« folgendes überlegen:

- Wird hier <u>Armut</u> oder <u>Ungleichheit</u> gemessen?
- Welche Folgerungen ergeben sich aus Ländervergleichen? Kann in armen Entwicklungsländern nach diesem Maßstab die Armut geringer sein als bei uns, obwohl dort Tag für Tag viele Menschen verhungern?
- Kann Armut nach diesen Definitionen überhaupt abgeschafft werden?
- Was ist eigentlich »Einkommensarmut«?

Man sieht schon, daß ohne Politik und ohne Polemik das Thema doch sehr viel komplizierter zu behandeln ist, als das zur Zeit geschieht.

Angesichts der wirtschaftlichen Misere in Ostdeutschland (Mitteldeutschland) sollten sich die Südkoreaner eine Wiedervereinigung sorgfältig überlegen.

Es gibt eine »Antidiskriminierungsrichtlinie« aus Brüssel, die von der Bundesregierung nicht »1 zu 1« – wie es so modern heißt, man denke an Hartz IV – umgesetzt, sondern wieder zusätzlich mit den Vorstellungen aller Gutmenschen befrachtet wird. Während die Brüsseler auf »ethnische Herkunft« und »Rasse« abstellen, sollen wir wieder im Guiness-Buch der Rekorde die besten »Antidiskriminierer« Europas werden. Neben unterschiedlichen Diskriminierungsstufen für unterschiedliche Vermieter und der Möglichkeit bei Schadenersatzforderungen die Beweislast umzukehren, sollen bei uns Diskriminierungstatbestände auf Religion, Geschlecht, Behinderung, Alter, »sexuelle Identität« u.ä. bezogen werden.

Nicht nur Trittin strebt den – noch einzurichtenden – Nobelpreis für den besten Umweltschützer an, sondern auch Frau Schmidt den – ebenfalls noch zu schaffenden – Nobelpreis für Menschenschutz.

Sprachschule:
»Kinderberücksichtigungsgesetz (KiBG).«

»Das Verlöbnis bedeutet längst nicht mehr das Versprechen einer Heirat, sondern Teilhabe am Zeugnisverweigerungsrecht.«

Die finanzielle Wirksamkeit des AU-Fallmanagements ist enorm, so die Zeitschrift der Kaufmännischen Krankenkasse.
Es geht dabei nicht um das Managen von Fällen oder Fallen, sondern von Arbeitsausfällen durch Krankheiten und dergleichen.
Diese Manager sind Spezialisten, die eine individuelle Begleitung, Beratung und Betreuung des Kranken ermöglichen und die Koordination der medizinischen Maßnahmen mit Ärzten und Gesundheitseinrichtungen vornehmen.

✳✳✳

Dürfen Einzelhändler jetzt gewissermaßen Kartelle bilden?
»Sorgen Sie dafür, daß Ihr Angebot in der näheren Umgebung einzigartig ist, indem Sie mit Lieferanten jeweils Konkurrenzausschluß bzw. Gebietsschutz vereinbaren.«
KKH-Nachrichten 1/2005.

✳✳✳

Aus Blättern für Berufskunde in den 50er Jahren:
»Das rationale Denken, die unbedingte geistige Selbständigkeit und ein sehr großes Maß auch an physischer Arbeitskraft sind Voraussetzungen, die es vielen Frauen erschweren, im Hochschullehrerberuf erfolgreich zu sein.«

✳✳✳

Wie man liest, ist an der Rheinisch-Westfälischen Technischen Hochschule in Aachen »meine« frühere **Fakultät für Bergbau, Hüttenwesen und Geowissenschaften** umbenannt worden in **Fakultät für Georessourcen und Materialtechnik.**
Dies ist nicht – wie der derzeitige Dekan der Fakultät meint – ein »Spiegel der Dynamik«, sondern neben sprachlicher Armut ein schlechtes Zeugnis für die Hochschule – und für Deutschland.

✳✳✳

Es gibt weitere Erfolgsmeldungen für das Eindeutschen denglischer Werbesprüche:

C & A – alt	Fashion for living
C & A – neu	Preise gut, alles gut
McDonald's alt	Every time a good time
McDonald's neu	Ich liebe es –
Esso AG alt	We are drivers too
Esso AG neu	Packen wir's an
RWE alt	One Group, Multi Utilities
RWE neu	Alles aus einer Hand
Mitsubishi alt	Drive alive
Mitsubishi neu	Heute. Morgen. Übermorgen.

✳✳✳

Ein Buch von Bastian Sick:
»Der Dativ ist dem Genitiv sein Tod.« Ein Wegweiser durch den Irrgarten der deutschen Sprache.

***

Aus dem Buch »Michel schlägt zurück« von Jörg Hellmann:
Nachdem man schon lange nicht mehr sagen durfte: »*Ich bin stolz, ein Deutscher zu sein*«, durfte man inzwischen nicht mal mehr sagen: »*Ich bin ein Deutscher*«, weil es von den Nichtdeutschen als Provokation empfunden werden konnte. Im Umgang mit den Behörden lautete die verbindliche Formel: »*Ich bin ein <u>A</u>ngehöriger einer <u>R</u>epublikanischen <u>S</u>taatsform mit <u>C</u>hristlicher <u>H</u>erkunft.*«

***

Wenn man sich vorstellt, wie lange ein Studium oder eine Berufsausbildung dauern, fragt man sich, warum Politiker so rasch von einem Amt – z.B. als Minister – in ein anderes Ressort berufen werden. Ich denke da an Herrn Fischer, Frau Künast, Herrn Struck ….Muß man für so wichtige Ämter nichts lernen? Kann man das in den hierfür üblichen 100 Tagen erledigen?

***

In der »Welt am Sonntag« wurde vor einigen Monaten die Aufmachung »modernisiert«. Manches wurde wirklich besser, profunder, übersichtlicher. Was mir überhaupt nicht gefällt, ist der »Stil«-Teil. Der folgende Brief mag zeigen, was ich zu beanstanden hatte.

»Sehr geehrter Herr Döpfner,
ich muß leider annehmen, daß Sie als Vorstandsvorsitzender der Axel Springer AG diesen Brief eines langjährigen Lesers Ihrer »Welt am Sonntag« wohl kaum zu Gesicht bekommen. Da es aber immer noch das eine oder andere Unternehmen gibt, in denen der Chef auch wissen will, wie man selbst »draußen« ankommt, will ich ihn dennoch schreiben.
In zwei Leserbriefen an die WamS hatte ich mich über einige Artikel im Zeitungsteil »Stil« beschwert, die nach der »Neuausrichtung« des Blattes ins Auge fielen. Einen dieser Leserbriefe möchte ich Ihnen, zumal er recht kurz ist, zur Kenntnis bringen. Er wurde per E-Mail an den Leserbriefdienst geschickt und lautete:
»Sehr geehrte Damen und Herren,
erneut möchte ich mich mit diesem Leserbrief zu Ihrer Zeitungs-Abteilung »Stil« äußern.
*»Wer Katzen mag, ist erotisch«, ist einfach dummes Zeug, das »Peoplebarometer« ist anmaßend (und ohne Verfassernennung) und »Eros sitzt im Bergkristall« ist lächerlich. »Öfter kommen – der Qualität zuliebe« und »Der Orgasmus der Frau Teil 3« sind eine Zumutung von Frau »**wich**« oder »**win**« für den nicht mehr »coolen« Leser, vor allem aber auch für **Peter Bachér**, der nun plötzlich seine Kolumne von solchen Geschmacklosigkeiten (doch, doch, über Geschmack läßt sich sehr wohl streiten) umgeben sieht. Ich hoffe, daß die Kürze dieses Leserbriefes einer Veröffentlichung förderlich ist. >*
(Was natürlich nicht der Fall war!)
Nun mache ich mir Vorwürfe, denn in der Ausgabe vom 12. Dezember gibt es die Kolumne Ihres altgedienten – ich sage mal – Feuilletonisten Peter Bachér überhaupt nicht mehr. So hatte ich mir das natürlich nicht vorgestellt! Hat die Zeitung ihm den Stuhl vor die Tür gesetzt, oder hat er selbst resigniert?

Die Verantwortlichen werden sich mit dieser Entwicklung keine Freunde unter der älteren – in zweierlei Bedeutung – Leserschaft machen, zumal es abgesehen von Geschmacksfragen auch einige Vernunftgründe gibt, die dagegen sprechen:

- *Die Leser der Welt am Sonntag sind in großer Zahl von konservativer Struktur und auch altersmäßig »gesetzter«.*
- *Diejenigen, die derartige Stoffe lieben, können doch nach Belieben in Ihren Zeitungen »Bild der Frau«, »Frau von heute«, »Jolie«, »Journal der Frau« usw. bedient werden.*

Mit freundlichen Grüßen«

Dieser Beschwerdebrief wurde vom Chefredakteur der Welt am Sonntag wie folgt beantwortet:

»Sehr geehrter Herr Dr. Siebert,
für Ihre Briefe an die Chefredaktion und den Vorstandsvorsitzenden, möchte ich Ihnen auf diesem Wege danken. Da Sie sich zu einigen Teilen der Zeitung kritisch äußern, antworte ich Ihnen gern direkt.
Das Buch »Stil« richtet sich an Menschen, die sich für Mode, Einrichtung, Kochen, Lebensart und gehobene Unterhaltung interessieren. In diesem Teil wird bewußt mit leichter Hand geschrieben. Dies ist gewiß nicht jedermanns Sache, trifft in einem weiten Teil der Leserschaft jedoch auf einhellige Zustimmung, wie wir aus zahlreichen Zuschriften und der Marktforschung wissen. Aber gern gebe ich zu, daß nicht jeder launig geschriebene Beitrag wissenschaftlichen Kriterien genügt – das soll er aber auch gar nicht.
Peter Bachérs Kolumne erscheint regelmäßig alle zwei Wochen. Er wechselt sich mit Adriano Sack ab. Bisher ist diese Erscheinungsweise nicht unterbrochen worden und auch in Zukunft planen wir keine Änderungen. In der Ausgabe vom 12. Dezember war Peter Bachérs Kolumne nur deswegen nicht enthalten, weil er auf Seite 16 ein großes Porträt über Gudrun Bauer geschrieben hat.
Sie sprechen außerdem die Beiträge auf der Seite »Partnerschaft« an. Peter Bachér findet seine Kolumne auf dieser Seite hervorragend plaziert.

Natürlich provozieren manche der Artikel bewußt, aber auch hier wissen wir, daß die überwältigende Mehrheit der Leserinnen und Leser den Ton schätzt. Viele sagen uns, daß die Seite inzwischen »Kultcharakter« besitzt. Auch älteren Lesern ist sie ans Herz gewachsen.
Deswegen bitte ich um Verständnis, wenn wir trotz der von Ihnen vorgebrachten Kritik bis auf weiteres bei unserem Konzept bleiben. Ich freue mich aber, auch in Zukunft von Ihnen zu hören. Kritische Anmerkungen sind für die Arbeit einer Redaktion sehr wichtig.
Mit freundlichen Grüßen Christoph Keese Chefredakteur«

Meine Randbemerkungen:
1. Wer hat verlangt, daß »jeder launig geschriebene Beitrag wissenschaftlichen Kriterien genüge« soll?
2. Leider kann man Herrn Bachér nicht selbst fragen.
3. Wenn tatsächlich die überwältigende Mehrheit der Leserinnen und Leser den Ton schätzt und viele sagen, daß die Seite inzwischen »Kult-Charakter« besäße und auch älteren Lesern ans Herz gewachsen sei, warum darf denn ein kritischer Leserbrief nicht veröffentlicht werden?
4. Kult ist übrigens nicht gleich Kultur.
5. Ich hätte längst anstelle der WamS die Frankfurter Allgemeine Sonntagszeitung abonniert, wenn diese auch ins Haus geliefert würde.

✳✳✳

Eichel an Rekord-Verschuldung vorbeigeschrammt. So die Zeitungen Anfang Januar 2005.
Ich stelle mir folgende Szene im Ministerium zwischen Weihnachten und Neujahr vor:

»So, Leute, jetzt aber noch mal spitz gerechnet, welche Ausgaben wir noch ins nächste Jahr verschieben können, damit der Waigel der größte Schuldenmacher aller Zeiten bleibt.«
Und:
»In Kürze hält es ohnehin nicht mehr so genau mit dem Stabilitätsgesetz!«

✳✳✳

»Tue Gutes und rede darüber!«
Neues Motto der Bundesregierung im Zusammenhang mit der 500 Millionen € – Spende für die Tsunami-Opfer.

✳✳✳

Der Manager des FC Bayern hat eine Erhöhung der Rundfunkgebühren um »**nur 10 Cent pro Monat**« gefordert, um so der Bundesliga mehr Einnahmen für die Übertragungsrechte zu verschaffen:
»Ja, wir müssen den Zuschauer etwas belasten, der zu Hause vor dem Fernsehschirm sitzt und die Bundesliga verfolgt.«

Ich habe mal gerechnet:
Wenn man jeden Fernseher mit nur **1 Cent pro Jahr** belasten würde, nämlich für mich persönlich, könnte ich doch ganz gut leben!? Und was ist schon 1 Cent pro Jahr für den einzelnen Bürger?

✳✳✳

Haben heutzutage die Hotels eigentlich noch ihre Preise im Kleiderschrank hängen? Das ergäbe aber Zettel, die bis auf den Schrankboden reichten, denn einfache Preise gibt es wohl gar nicht mehr. Nur noch »Arrangements« wie in diesem Hotel mit folgenden Bezeichnungen:
Harzer Landpartie – Auf Schusters Rappen – Body und Face – Wellness days – Auf die Brettl – Fröhliche Ostern – Nordic walking – Schusters Rappen und vieles mehr.
Ergebnis: Alles ein wenig teurer, auch für den Gast, der nur seine Ruhe haben will!
Ach ja, und dann noch die Angabe: **4 Tage/3 Nächte.** Was mag damit wohl gemeint sein? Frühere Anreise? Späteres Zimmerräumen?

✷✷✷

Ein Wettbewerbsbeitrag über die Kindheit und Jugendzeit der Kriegsgeneration.
Meine Jugend
Jugend? Fiel aus, entging mir – oder so ähnlich,
jedenfalls ist sie ganz unerwähnlich.
Vater Soldat, im Feld, nicht zu Haus,
Mutter in der Rüstung, als graue Maus.

Schulstunden spärlich, Bildung mit Lücken,
beim Kräutersammeln schmerzte der Rücken.
Und nachts heulten Sirenen uns in die Keller,
leer war der Magen, leer war der Teller.

6 Jahre Jugend fanden einfach nicht statt!
Nun steht ihr Nichterleben auf dem Blatt,
man fragt voll Betrübnis: Wer wird das lesen?
Die, die gar nicht dabei gewesen?

Die Kinder zum Beispiel? Oder fremde Augen,
die aber zum Rückblick auch nicht viel taugen?
Könnte dies dennoch ein Hinweis sein
für jüngere und auch ganz junge Leute,
daß niemand beanspruchen kann wie heute
ein Leben verlaufend ganz ohne Pein?

Zunehmend ist seit der Osterweiterung der EU in den Medien ein Umdenken bezüglich der Vertreibungen von Deutschen im Gefolge des zweiten Weltkrieges festzustellen. Zwar gelten immer noch die Benesch-Dekrete und auch in Polen ist die Reaktion auf Fragen der Vertreibung und der Menschenrechte noch unbestimmt, doch darf nun wenigstens in Deutschland selbst darüber gesprochen und geschrieben werden, ohne daß der Autor sofort niedergemacht wird.

Die jüngste Vertreibungsliteratur Ostpreußens weist bedeutende Namen auf: Agnes Miegel, Siegfried Lenz, Arno Surminski, Marion Gräfin Dönhoff, Else Stahl, Ernst Wiechert und natürlich Günther Grass aus dem westpreußischen Danzig. Die Kulturstiftung der Deutschen Vertriebenen hat literarische Zeugnisse von Flucht und Vertreibung gesammelt und veröffentlicht. Auch der Ostdeutsche Kulturrat und die Künstlergilde haben eine bedeutende Rolle bei der Sicherung und Vermittlung dieser literarischen und künstlerischen Zeugnisse gespielt.

Warum aber erst jetzt? Grass bemerkt hierzu: »Niemals hätte man über so viel Leid, nur weil die eigene Schuld übermächtig und bekennende Reue in all den Jahren vordringlich gewesen sei, schweigen dürfen. Dieses Versäumnis ist bodenlos«. Aber wer hat eigentlich die Tabus errichtet, und weshalb hat man solche Tabus hingenommen? Nun sollte man das tun – was jahrzehntelang verpaßt wurde, und deshalb jetzt um so schwieriger ist,– nämlich darüber an den Schulen und Universitäten lehren. Und nicht nur im Geschichtsunterricht, denn die Vertreibung der Deutschen hat kulturelle, soziologische, psychologische, juristische, und menschenrechtliche Dimensionen. Bedauerlicherweise kommt aber die Anerkennung des Leidens der Vertriebenen für die Erlebnisgeneration reichlich spät. Diese Generation, die so viel hat ertragen müssen, hat auf eine angemessene Würdigung ihrer Leistung Jahr um Jahr vergeblich gewartet. Sie ist allmählich und ganz still von uns gegangen. Dies ist eine bleibende und fortwährende gesellschaftliche Schande. Jene Generation, die vertrieben wurde, die aufbaute, die über das eigene Leiden schweigen mußte, sie ist kaum mehr da, um eine späte Anerkennung – falls sie endlich kommen sollte – entgegenzunehmen. Die Aussage der Bildhauerin und Königsbergerin Käthe Kollwitz, deren »Pieta« als zentrale und einzige Skulptur in der Neuen Wache zu Berlin weint und wacht, wurde nur sehr verhalten befolgt: »Wir gedenken der Unschuldigen, die durch Krieg und Folgen des Krieges in der Heimat, die in Gefangenschaft und bei der Vertreibung ums Leben gekommen sind.«

(Aus der Dankesrede von Prof. Alfred de Zayas zur Verleihung des Kulturpreises der Landsmannschaft Ostpreußen, Leipzig, den 22. Juni 2002.)

In immer mehr Unternehmen können Terroristen identifiziert und gefaßt werden. So ist folgender Aushang am Schwarzen Brett zu verstehen:

<u>**Wanted**</u>

Harmlose Mitläufer in der Terroristenszene sind **Bin Da**, **Bin Spät**, **Bin Müde**, **Bin Kaffeetrinken**, **Bin Rauchen** und **Bin Essen**. Die Mitarbeiter **Bin Pinkeln** und **Bin im Lager** konnten ebenfalls ermittelt werden, sind aber auch harmlos, sollen aber unter Quarantäne gestellt werden.

Dingfest gemacht werden konnte kürzlich die gefährliche Terroristin
Bin Schwanger.
Der Topterrorist **Bin Arbeiten** konnte bislang trotz intensiver Suche in
den meisten Firmen nicht gefaßt werden. ACHTUNG: **Bin Arbeiten**
verbreitet äußerst gefahrbringendes Gedankengut! Er versucht sogar,
die Terroristengruppe **Bin Faul** zu unterwandern und zur Umkehr
von ihrem Fundamentalglauben zu bewegen. Gehen Sie ihm daher
aus dem Weg und meiden Sie jeden Kontakt!!
Ebenfalls konnte der als **Bin im Meeting** bekannte Topterrorist bis
heute nicht ausgemacht werden. Es wird vermutet, daß er sich auch
als **Bin Wichtig**, **Bin Boss** oder **Bin Chef** ausgibt.
Auch **Bin beim Kunden** gilt als nicht faßbar. Niemand hat ihn bisher
gesehen – ALSO VORSICHT!
In unserer Abteilung wird auch intensiv nach **Bin nicht zuständig**
gefahndet. Es wurden schon mehrere Verdächtige vernommen, aber
niemand wurde bisher verhaftet.
Ihr Sicherheitsbeauftragter
Bin Wachsam

*»Die XY-Aktiengesellschaft hat eine **Gewinnwarnung** veröffentlicht.
Daraufhin hat der Kurs ihrer Aktien nachgegeben.«*
Ich verstehe das nicht! Warum warnt man denn nun schon vor Ge-
winnen? Und warum fällt der Aktienkurs?

»Nun nimmt der Rechtsaußen den Ball und haut ihn – volles Ri-

siko – aufs gegnerische Tor«, … so der Reporter im Radio. Was ist denn dabei riskant?
Ist das denn nicht der Sinn des Fußballspiels???

***

»Knackig, praktisch, sexy … 2005 wird das Jahr der Jeans.«

***

T-Spirit – das neue Konzernleitbild der Deutschen Telekom (3/2003)
Die Vision des Unternehmens lautet: »Als das führende Dienstleistungsunternehmen der Telekommunikations- und Informationstechnologie verbinden wir die Gesellschaft für eine bessere Zukunft. Mit höchster Qualität, effizient und innovativ zum Nutzen unserer Kunden. In jeder Beziehung.«
6 zentrale Werte bilden ein einheitliches Wertegerüst, die Corporate Values. Sie lassen sich von den Buchstaben des »Spirit« ableiten:
Steigerung des Konzernwertes, Partner für den Kunden, Innovation, Respekt, Integrität und Top Exzellenz.
Wissen die Manager, die diesen schönen »Geist« erfanden, denn nichts über ihren Ruf und den des Unternehmens in der Öffentlichkeit, was die Partnerschaft mit dem Kunden betrifft?

***

Der Bundestagsabgeordnete Pofalla (CDU) meint in einer Talkshow, man könne doch nicht verlangen, daß er als Anwalt sein Einkommen

offenlege. Das widerspräche doch dem Mandanten- und Datenschutz.
Wenn man das akzeptiert, kann man sich doch darauf zurückziehen,
daß ein derartiges Einkommen aus dem »Hauptberuf« eben nicht in
Einzelheiten zu melden ist. Denn welche Abhängigkeit käme da in
Betracht, die damit »gekauft« werden könnte?
Fälle hingegen wie Arentz und Meyer sind von anderem Kaliber und
leicht von den anderen Fällen zu trennen.

✳✳✳

Erzbischof Meisner ist angegriffen worden, weil er – so sinnge-
mäß – den Holocaust und die Abtreibungen gleichgesetzt habe. Das
kann aber offenbar niemand außer Herrn Spiegel und einigen Kir-
chenfeinden (und natürlich den Abtreibenden selbst) erkennen. Deren
Zorn richtet sich vielleicht doch mehr dagegen, daß hier auf einleuch-
tende Art und Weise der Kindermord von Bethlehem, die Mordtaten
von Hitler und Stalin und der »legale« Kindermord in Deutschland
in Beziehung gesetzt wurden.
Vielleicht wird hierdurch manchem die Widersprüchlichkeit klar,
die zwischen der Abtreibung, der Ablehnung von Todesstrafe, der
Genpolitik und anderen Diskussionsthemen unserer Gesellschaft zu
erkennen ist.

✳✳✳

Der Bundespräsident hat das Luftsicherheitsgesetz (LuftSiG) un-
terschrieben, welches den Abschuß eines von Terroristen gekaperten
Flugzeuges durch die Bundeswehr möglich macht. Er hält das Gesetz
für verfassungsrechtlich bedenklich und empfiehlt, das Verfassungs-

gericht anzurufen. Hauptgrund: Man könne nicht gefährdetes Leben gegen anderes gefährdetes Leben aufrechnen.

Das leuchtet mir nicht ein. Warum sollte man einen mit Sicherheit in seiner Tragweite einzuschätzenden Schaden, auch an Menschenleben, nicht gegen einen anderen ebenfalls ermittelbaren aufrechnen können?

Warum sagt in der Diskussion niemand, daß ja die Passagiere des Flugzeuges **in jedem Fall** ums Leben kommen würden, wenn es gegen ein Objekt als Waffe eingesetzt wird?

Ich habe immer häufiger das Gefühl, als wenn beim Theoretisieren der Sinn für praktische und logische Schlußfolgerungen beiseite gelassen würde.

✳✳✳

Der »Modezar« Mooshammer (Mosi) wurde ermordet. Die Polizei bildete eine Sonderkommission von 25 Beamten.

Wie viele Beamte werden beim ermordeten Herrn Müller eingesetzt?

✳✳✳

In meiner Zeitung gibt es seit vielen Jahren eine Rubrik: »Prominenten auf den Zahn gefühlt«. Dort werden die sog. Promis so wichtige Dinge gefragt wie: Was frühstücken Sie, mögen sie harte oder weiche Eier, was tun Sie, wenn die Polizei Sie im Auto anhält, was halten Sie von Astrologie u.ä.

Muß es mir zu denken geben, daß ich von diesen Prominenten so gut wie keinen kenne?

Muß nun die zuständige Ministerin, Frau Künast, dafür plädieren, wieder Eier aus der Käfighaltung von Hühnern zu verbrauchen, nachdem in den »Freilaufeiern« Dioxin in unzulässiger Konzentration entdeckt wurde? Nicht auszudenken!

Wer hat eigentlich die Versuche gemacht, mit denen die Grenzwerte der Krebserzeugung von Dioxin festgelegt wurden?

Habe ich richtig gelesen, daß dieser Grenzwert bei 3 Pikogramm pro Gramm Fett = 3 Billionstel Gramm liegt? Und wieviel Fett hat ein Ei?

Frau Künast: Für diesen Grenzwert habe die Bundesregierung lange gekämpft. Akute Gesundheitsrisiken bestünden derzeit beim Verzehr von Freilandeiern aber nicht.

Und: Das Umweltgift komme allerdings überall vor.

Und draufhauend auf die »anderen«: *»Wir haben es mit Altlasten einer jahrzehntelang verfehlten Umweltpolitik aus den 70er und 80er Jahren zu tun.«* (Da gab es die Grünen noch nicht so richtig!)

Jeden Tag wird in den Medien über neue »Unkorrektheiten« in Politik und Wirtschaft berichtet. Mauscheleien, Bestechungen, Unterschlagungen, unerlaubte Nebenbeschäftigungen von Politikern, Spendenaffären, kleine Unkorrektheiten für den eigenen Nutzen usw. sind offenbar üblich geworden.

Was man dagegen tun kann? Stramme Gesetze, rigorose Aufklärung, öffentliche Bloßstellung.

Nur nicht so pingelig!

Zu den derart undurchsichtigen oder bedenklichen Begebenheiten gehören m.E. auch die werbenden Zurschaustellungen gegen Entgelt von Personen, die durch die Politik, durch öffentliche Ämter, durch ihre Stellung oder Herausstellung in den Medien öffentliches Interesse erlangt haben. Was mag z.B. Herr Pleitgen für seine Werbung für die Sparkassen-Finanzgruppe bekommen: »Öffentlich-rechtlich bedeutet: Für alle da sein«?

Für meine Begriffe ist das genau so unschicklich wie generell die Werbung im öffentlich-rechtlichen Rundfunk und Fernsehen. Dies ist eine unsaubere Konkurrenz. (Und nicht nur die Schleichwerbung!)

✳✳✳

Die öffentlich-rechtlichen Rundfunkanstalten dürften m.E. keine Werbung betreiben, auch wenn die Einnahmen hieraus beim WDR nur 2,4 % der Gesamteinnahmen betragen, was aber immerhin 2004 gut 30 Millionen € ausmachte. Außerdem ist nicht einzusehen, daß sich der WDR an 19 anderen Gesellschaften beteiligt, die sich mit Werbevermarktung, Filmförderung, Forschung und Entwicklung, Konzertveranstaltung usw. befassen.

Als Rundfunkhörer frage ich mich ohnehin immer, warum die Konzertveranstalter, die davon leben müssen, nicht schon längst auf die Barrikaden gegangen sind, wenn sie ständig die Großveranstaltungen zur Kenntnis nehmen müssen, die der WDR veranstaltet. Gleiches gilt für die Vermarktung von CDs.

Noch fragwürdiger ist z.B. beim Sender WDR 4, daß seit einiger Zeit dort häufiger Schlager von Sängerinnen vorgetragen werden, die gleichzeitig als Moderatorinnen dieser Sendungen tätig sind.

Nun herrscht ob der Anfrage der EU großes Geraschel in den Sendeanstalten, als wenn dieses Gebaren ganz selbstverständlich und nicht

ein Verstoß gegen Wettbewerbsregeln wäre. Haben die Verantwortlichen das Geschehen um die Westdeutsche Landesbank nicht mehr
in Erinnerung?

Aus dem Entwurf des Antidiskriminierungsgesetzes läßt sich ableiten, daß künftig z.B. unterschiedliche Krankenversicherungsbeiträge
für Frauen und Männer verboten sein sollen. Ja, gelten denn nicht
mehr bei einer Lebens- oder Krankenversicherung die erhöhten Risiken im einen oder anderen Fall?
Dürfen in Zukunft Beinamputierte nicht von der Teilnahme an einer
Bergwanderung ausgeschlossen werden?
<u>Müssen</u> künftig alle, ob bedürftig oder nicht, von sozialen Vergüns-
tigungen profitieren?
Auf den Vorhalt der Opposition, die Bundesregierung gehe weit über
die Vorgaben der EU hinaus, meinte der Abgeordnete Beck: Der Ge-
setzentwurf gehe nur an einer Stelle über diese Vorgaben hinaus, indem er eine Diskriminierung auch aufgrund von Behinderung, Alter,
Religion, Weltanschauung oder sexueller Neigung verbiete. Ja was gibt
es denn sonst noch so an Eigenheiten?
Und: Ist auch die Ablehnung einer Bewerbung wegen erwiesener
Dummheit des Bewerbers eine Diskriminierung?
Und: Keine Ostfriesen-, Appenzeller- und Blondinenwitze mehr erlaubt?

***

Zeitungsartikelüberschrift zum Visa-Untersuchungsausschuß des

Bundestages, in dessen Umfeld auch der Abgeordnete Volmer (Grüne) belastet wird:
»Volmer will **bald** aussagen.«
(Meine Ergänzung: »Er muß sich nur noch die besten Ausreden für seine Lobbytätigkeit ausdenken.)

✳✳✳

Bis gestern glaubte ich immer, die Forderung nach immer mehr Kindergärten oder Kindertagesstätten würde mit dem Wunsch nach mehr Berufstätigkeit der Frauen begründet. In Sachsen-Anhalt zeigt sich, daß auch arbeitslose Paare eine Ganztagsbetreuung fordern, weil – so ein im Fernsehen gefragtes Paar – sie »sonst nicht wirksam genug auf Arbeitssuche gehen« können.

✳✳✳

Bei Frau Christiansen ging es um das Thema »Genetischer Fingerabdruck«. Der bayerische Innenminister Beckstein führte die Aufklärung des Mooshammer-Mordes an und meinte, man hätte ja ohne das Vorliegen der Daten des Mörders wohl »die ganze Stricherszene« in die Reihe der Verdächtigen einbeziehen müssen.
Der teilnehmende Bundestagsabgeordnete Beck fühlte sich wohl persönlich angegriffen und betroffen und ging hoch wie eine Rakete.
Soviel zu der Aufgabe von Abgeordneten.

✳✳✳

Herr Westerwelle meinte bei der Verleihung des Ordens wider den tierischen Ernst in seiner »Büttenrede«, früher hätte es in manchen Hotels, Heimen, Mietwohnungen geheißen: Kein Damenbesuch nach 22 Uhr. Ihm würde das aber nichts ausgemacht haben.
So tolerant ist die Gesellschaft inzwischen, daß sogar kräftiger Beifall gespendet wurde:»Und das ist gut so?«

In Dresden sind nun die ersten »Ampelfrauchen« anstelle der grünen und roten Männchen installiert worden. Die Gleichberechtigung verlangt das einfach. Auch in anderen Städten wurden die Stangen der auf die Radwege gemalten Herrenräder gelöscht, damit auch Frauen hier radeln durften.
Aber was ist nun mit den Verkehrsampeln? Da bleibt doch alles fraglich, weil keine Frau mehr einen Rock trägt. Soll man sie da nicht wenigstens zur Unterscheidung von männlichen Hosenträgern – damit sind die Personen gemeint – mit einem Busen ausstatten?
Und wo bleibt die Gleichberechtigung für die Männer an den Eingängen der Fußgängerzonen und an den Gehwegen? Nur Frauen mit Kind!
Gewiß, man hatte mal an die »bösen Onkels« gedacht, aber trotzdem!

Aus einem Weinprospekt:
»Das exklusive Winterangebot 2005
Nur gültig vom **29.1. – 19.2.2005.**«

Nun bin ich gespannt, ob künftig der Wein auch wochenweise angeboten wird.

✳✳✳

Ähnlich verhalten sich inzwischen manche Hotels bei der Gültigkeit für ihre Arrangements, z.B.:

Harzer Landpartie	23.1. – 28.1.05
	20.3. – 25.3.05
15 %-Österli	20.3. – 25.3.05
	28.3. – 10.4.05
Body & Face	9.1. – 14.1.05
	20.2. – 25.2.05
	13.3. – 18.3.05
	10.4. – 15.4.05
Fastnacht ohne Narrenkappe	4.2. – 7.2.05
Auf die Brettl, fertig, los	6.2. – 12.2.05
	13.2. – 19.2.05

und weitere 9 »Arrangements« wie
Auf Schusters Rappen, Nordic Walking, 3 Wellness Days, Januar Schmankerl, Lenzgrüße, Fröhliche Ostern, Verhexte Tage
und ähnliches mehr allein für die ersten 4 Monate (!) des Jahres.

(Außerdem werden jetzt auch offenbar »besondere Beherbergungszeiten« angeboten, nämlich

    3 Tage/2 Nächte
    4 Tage/3 Nächte
    5 Tage/4 Nächte usw. usw.)

✳✳✳

Auch am Rosenmontag 2005 erfüllte der WDR 5 wieder den öffentlich-rechtlichen Auftrag zur Grundversorgung der Bevölkerung in der Sendung »Ohne Pappnas un Kamelle«, wohlgemerkt unter beifälligem Gejohle der Anwesenden. Der Tatbestand ist ganz ähnlich wie in einem Brief an den Bundespräsidenten – ich glaube es war Herr Herzog – auf Seite 66 ff. nachzulesen.

Der Sender scheint übrigens das Schmuddelige zu lieben. Gerade mußte er ein kurzes Hörspiel aus dem Verkehr ziehen, gegen welches die Tennisspielerin Steffi Graf geklagt hatte. In diesem »Produkt der öffentlich-rechtlichen Grundversorgung« ging es um ein Paar beim Sex, welches Tennisbegriffe benutzte und den Namen eines Kindes von Graf/Agassi benutzte.

Ob ich also auch einmal an Herrn Köhler schreibe?

Je älter ich werde, um so häufiger ertappe ich mich dabei, Freunden und Verwandten immer wieder einige Geschichten oder auch Witze zu erzählen, die ich schon seit Jahren erzähle. Immer denke ich sofort an Alzheimer.

Ich bin dann aber beruhigt, weil meine »Anhörer« tatsächlich immer wieder darüber lachen, und zwar wie man merkt, nicht aus Höflichkeit. So viele Alterskranke kann es doch gar nicht geben!?!?

***

Nun hat Endemol für die RTL II-Reihe in Köln ein kleines Dorf von 5 000 m² Fläche gebaut, in welchem sich ab März 2005 ein gutes

Dutzend kleine Lichter im »Big Brother« tummeln werden, um sich dem Publikum »beim Leben, Lieben und Arbeiten« kameraüberwacht vorführen zu lassen.
Einzige Schwierigkeit: Die Teilnehmer müssen aus 26000 Bewerbern ausgesucht werden. Das dauert! Es zeigt aber auch, wie viele Exhibitionisten gibt.

✳✳✳

Kurz vor der Wiedereingliederung in den Mutterkonzern Deutsche Telekom AG hat die Internettochter T-Online schwarze Zahlen geschrieben. (300 Mio. € nach einem Minus von 38 Mio. € im Vorjahr.)
Muß ein T-Online-Aktionär da überhaupt Betrachtungen über das Management anstellen? Wohl eher über den Abfindungspreis!

✳✳✳

Die Deutsche Bank hält auch nach massiver Kritik an ihrem geplanten Stellenabbau (5 200 Mitarbeiter) fest. Der – für das operative Geschäft nicht zuständige - Chefvolkswirt Walter hatte gemeint, daß es sich lohne, über den Stellenabbau noch einmal nachzudenken. Nein, hieß es sofort, er sei eventuell nicht richtig verstanden worden.
Solches Geschäftsgebaren wäre früher in diesem Institut nicht möglich gewesen, d.h. »ganz früher« nicht. Denn »früher«, d.h. 1997, war auch noch folgendes möglich:
Wie heute hatte der Vorstand der Bank damals gerade verkündet, daß ein Milliardengewinn erzielt worden sei, da wurde im gleichen

Atemzug eine Verringerung der Anzahl der Mitarbeiter um 5 000 »in den nächsten Jahren« angekündigt.

Just zu diesem Zeitpunkt fand ich auf einer »Anlage zum Kontoauszug« vom 7.6.1997 folgende gedruckte Mitteilung des Institutes:

»Die Initiative ,mehr Ausbildungsplätze – jetzt!' fördert zusätzliche Lehrstellen durch Übernahme der halben Ausbildungsvergütung … Deshalb helfen Sie mit, daß es noch mehr werden! So können Sie helfen: Ausgefüllten Beleg bitte in Ihrer Filiale abgeben oder in den Hausbriefkasten werfen: Ja, ich mache mit und unterstütze die Initiative. Bitte buchen Sie von meinem unten genannten Konto als Spende ab DM …«

Spenden des Publikums also zur Behebung der Arbeitsplatzvernichtung?

Die doppelt so große und doppelt so erfolgreiche Royal Bank of Scotland hat immer ein anderes Konzept gehabt, das Kleinkundengeschäft, zu dem die D-bank erst kürzlich wieder zurückgekehrt ist.

Rin in de Kartoffeln, raus aus de Kartoffeln? »Exzellenz« der Führungskräfte Kopper, Breuer, Ackermann?

Schwule Pinguine im Bremer Zoo sollten zwecks Zeugung von Nachwuchs – die Art ist vom Aussterben bedroht – mit »Schwedenmädchen« zusammen gelegt werden.

Es gab einen Hagel von Protesten aus dem In- und Ausland, obwohl, so die Direktion, »hier niemand mit Gewalt gleichgeschlechtliche Paare trennen will«.

Das von der Schutzgemeinschaft der Kapitalanleger (SdK) herausgegebene »Schwarzbuch Börse 2004« legt einmal mehr dar, auf was sich die Börsianer nach wie vor einstellen müssen. Es ist nicht zu fassen! Im letzten Abschnitt einer Zeitungsmeldung darüber heißt es:
»Gier, Betrug, Inkompetenz – und doch nur die Spitze des Eisbergs: Borussia Dortmund, Karstadt-Quelle, das Optionsprogramm bei Infineon, die Toll-Collect-Blamage von Daimler-Chrysler und der Deutschen Telekom – auch die bekannteren Unternehmen kommen zu ihrem Recht im Schwarzbuch. Für die Aktionäre, deren Geld geopfert wurde, bleibt wohl nur noch das Fazit von IPC Arettech als Trost: »Irgend etwas müssen wir mit dem Geld ja machen.«

✳✳✳

Auch die amerikanische Börsenaufsicht SEC will die Management-Gehälter bei börsennotierten Unternehmen für Anleger transparenter machen. Denn: »Es ist sehr schwierig herauszufinden, wie das gesamte Vergütungspaket aussieht«, so der SEC-Vorsitzende.
Warum macht das Management es denn so schwer, wo doch das Geldverdienen nichts Böses ist?

✳✳✳

Herr von Arnim, der bekannte Kritiker von Politikerdiäten, Steuerpolitik und Steuerverschwendung in unserem Lande, klagt über die Verschwendung durch mehr oder weniger große und mehr oder weniger lange dauernde Auslandsreisen unserer Abgeordneten und sonstigen Politiker. Da es sich bei deren Kosten aber vergleichsweise nur um »Peanuts« handelt, sollte man auch an folgendes denken:
Zur Zeit der Verfassunggebenden Versammlung nach dem zweiten Welt-

krieg war das Reisen generell mühsam und auch für Politiker kaum möglich. Hätten sich die Väter der Verfassung damals schon in Afrika, Indien, Indonesien oder China umsehen können, hätten sie sicher den Artikel 16 des Grundgesetzes (Asyl) einfach weggelassen oder anders gefaßt.
<u>Merke</u>: Auch Napoleon und Hitler wären nie in Rußland eingefallen, wenn sie seinerzeit das Land von einem Ende bis zum anderen hätten überfliegen und dabei seine unermeßliche Weite aus der Luft erkennen können!

✳✳✳

Leserbriefschreibergedanken:
Manchmal glaube ich, man muß nur einen gut bezahlten und mit entsprechender Reputation ausgerüsteten »Sonderbeauftragten« für was auch immer einsetzen, und schon wird wider jede Vernunft von diesem und natürlich von seinem beachtlichen Beamtenstab gewerkelt.
Auch wenn solche Sonderbeauftragte häufig nur eine Alibifunktion haben, so sind sie doch für das praktisch-politische Leben von großer, aber beileibe nicht immer positiver Bedeutung.
Wieviel Unverständnis haben bei uns am »Stammtisch« (Pfui!) schon solche Sonderbeauftragte erregt wie
Datenschutzbeauftragte
Beauftragte für Menschenrechte
Ausländerbeauftragte
Gleichstellungsbeauftragte
Patientenbeauftragte
Sonderbeauftragte für Subkultur …

Gibt Gott wirklich allen, denen er ein Amt gibt, auch den Verstand?

Wer getraut sich eigentlich, im Zusammenhang mit der hohen Arbeitslosigkeit einmal zu sagen, daß bei den »Doppelverdienern« die Arbeitslosigkeit des Mannes oder der Frau doch wirklich weniger gravierend ist als bei den Familien, in denen grundsätzlich nur einer berufstätig ist?

***

Ein weiteres Beispiel aus »unserer« Zeitung für die oben auf Seite 74 erwähnte »kindische Gesellschaft«:
»Seit Dienstag 12,06 Uhr ist es entschieden, die neue Weltmeisterin im Pfahlsitzen heißt … und ist eine 42 Jahre alte Arztfrau. Sie will nun, nachdem ihr schärfster Konkurrent, ein 40jähriger Ostfriese, nach über 60 Stunden aus- und abgestiegen ist, noch ein paar Tage länger sitzen, um ihren Sieg deutlicher zu machen.«
Nun frage ich mich:
Sitzen die auf einer Spitze? Ist diese vielleicht vergiftet? Haben sie tägliche Pausen? <u>Müssen</u> sie auch mal, und was dann? Wie hoch ist der Pfahl? Ist die Sitzkleidung vorgeschrieben? Gibt es – wie beim Boxen – einen oder mehrere Weltverbände? Darf man sich anschnallen, damit man bei denkbarem Einschlafen nicht abstürzt?
Ach, ich hätte noch so viele Fragen!

***

Heute habe ich auf der 3-spurigen Autobahnstrecke wieder ganz deutlich festgestellt, daß viele Frauen immer noch denken, die rechte Spur wäre nur für Lastkraftwagen.

***

An das Ministerium für Stadtentwicklung und Verkehr:

»Sehr geehrte Damen und Herren,
am 29.7.1994 wurde in der Frankfurter Allgemeinen Zeitung eine Nachricht über Ihre »**Richtlinien für nichtamtliche Hinweiszeichen auf direktvermarktende landwirtschaftliche Betriebe (Bauernhöfe) außerhalb der Ortsdurchfahrten von Bundes- und Landstraßen**« veröffentlicht.
Die in diesen Richtlinien aufgeführten Angaben über Schildergröße, Farbrand, »austauschbare Produktzeilen«, »Vorwegweisungen« (welch ein Wort!), »Erschließungszustand« der Bauernhöfe usw. ließen in mir die Vermutung aufkommen, daß es sich hier um einen falsch plazierten Artikel für den 1. April handeln müsse, zumal die neuen Hinweisschilder angeblich auch noch einer Baugenehmigung bedürfen sollen.
Einem Dementi oder einer Bestätigung würde ich gern entgegensehen und mich dafür im voraus herzlich bedanken.«

Einige Passagen aus der Antwort des Ministeriums:
»*Vielerorts sehen Sie außerhalb der Ortsdurchfahrten der Bundes-, Landes- und Kreisstraßen selbstgefertigte Hinweistafeln auf an der Straße gelegene direktvermarktende landwirtschaftliche Betriebe und die dort angebotenen Produkte. Solche Hinweistafeln sind nach der gesetzlichen Definition in der Landesbauordnung Werbeanlagen, nämlich ortsfeste Einrichtungen, die der Ankündigung oder Anpreisung dienen und vom öffentlichen Verkehrsraum aus sichtbar sind. Werbeanlagen ab einer Größe von 0,5 m² bedürfen nach der geltenden Landesbauordnung einer Baugenehmigung, die allerdings für einzelne Hinweiszeichen an Verkehrsstraßen, die im Interesse des Verkehrs auf versteckt liegende Betriebe aufmerksam machen, regelmäßig erteilt werden kann. Nach den geltenden Vorschriften ... sind allerdings Werbeanlagen an Bundes-, Landes- und Kreisstraßen verboten, so daß die Straßenbaubehörden ... gezwungen sind, die Beseitigung ... durchzusetzen. Um den landwirtschaftlichen Direktvermarktern ... eine legale Möglichkeit zu geben, auf ihre Produkte*

Dann aber hieß es abschließend:

Und dazu haben wir demnächst oder auch jetzt schon durch die »Europäer« eine vierte Gesetzgebungs- und Verordnungsebene zu erwarten!
Oh Sankt Bürokratius!

Ökozentrum«, »Ökosiedlung«, »Entsorgungspark«, »recyclingcenter«, »Kitas«, »Wellnesskur«, »Haarstudio«, »Käseboutique«, »Firmenlogo«, »Brainstorming«, »Unternehmenskultur«, »Präsentcorner«, »workshop«, »Reinkarnationstherapie«, »Kultfilm«, »outdoorcenter«, »Bioghurt«, »Factory-Outlet«, »Teambuilding«, »facilitymanager« ... und heute, eeeeeendlich, die »sportive feetfashion«.
Alles einfaches »Dummdeutsch«, aber geltungssteigernd wie Altersheim > Altenheim > Seniorenheim > Altenwohnstift > Seniorenresidenz.

***

Warum spricht man auch heute immer noch vom sog. »Lauschangriff«? Kein Sprachgefühl? Dummenfang?

***

Zu Weihnachten wollten wir wie in jedem Jahr dem Zeitungsboten ein kleines Geldgeschenk für treue Zustellung machen. Da der Bote im laufenden Jahr gewechselt hatte, fragten wir telefonisch bei der zuständigen Geschäftsstelle nach seinem Namen und der aktuellen Adresse. Doch wurden wir belehrt, daß eine solche Auskunft auf Anweisung der Geschäftsleitung wegen »Datenschutz« nicht gegeben werden könne.

Im § 14 Absatz 2 des Datenschutzgesetzes heißt es aber ganz einfach und verständlich:

»Das Speichern, Verändern oder Nutzen (von Daten) für andere Zwecke ist zulässig, wenn …

offensichtlich ist, daß es im Interesse des Betroffenen liegt und kein Grund zu der Annahme besteht, daß er in Kenntnis des anderen Zweckes seine Einwilligung versagen würde.«

Wen wundert es dann noch, daß es aus »Datenschutzgründen« verhindert oder erschwert wird, ein Gen-Kataster anzulegen, mit dem notorisch sexuelle Gewalttäter registriert und notfalls identifiziert werden können. Worin liegt dabei eigentlich der Unterschied zu Fingerabdruckkarteien???

***

Die Hamburger Justizsenatorin Peschel-Gutzeit (SPD) hatte vor einiger Zeit das »Babywahlrecht« einführen wollen. Dazu entstanden bei mir einige Fragen:

Wer soll, da die lieben Ganzkleinen ja noch nicht einmal ein Kreuzchen machen können, das Wahlrecht für sie ausüben? Soll es nur für eheliche Kinder gelten? Müssen sich Väter und Mütter über die Stimmabgabe und ihren Inhalt einigen? Oder bekommt jeder nur eine halbe Stimme? Dürfen auch Oma und Opa mitreden? Was geschieht bei Geschiedenen? Gibt es neue »Babywahlämter«?

Man sieht, Fragen über Fragen. Aber generell hätte ich keine Einwendungen, weil ich in einem größeren Gewicht der Familien in unserer Gesellschaft viele Vorteile sehe:

1. Die Zahl der Abtreibungen wird zurückgehen, weil jede Partei um die neuen Stimmen kämpft und also den Befürwortern einer extensiven Auslegung des § 218 StGB Knüppel zwischen die Beine wirft.
2. Die Singles werden nach und nach auf verlorenem Posten stehen, weil die »Vergemeinschafteten« an Gewicht gewinnen.
3. Auch die »Dinkis« (**d**ouble **i**ncome, **no ki**ds) werden sich wundern, wie in Zukunft das Rentensystem zu ihren Lasten gestaltet wird.
4. Die kinderreichen Familien werden rasch eine eigene Partei gründen, mit deren Hilfe sie das Geschehen in unserem Staate mit absoluter Mehrheit bestimmen können.
5. Unsere Renten werden sicherer.

Leider ist nach der heutigen (2.5.2005) Entscheidung im Bundestag nicht mehr mit einem solchen Gesetz zu rechnen.

✳✳✳

Auch die Bekanntgabe der Arbeitslosenzahlen für Januar 2005 (je nach statistischer Besonderheit zwischen 5 und 8 Millionen) scheint die Bevölkerung nicht sonderlich zu beeindrucken.

Die Regierung wiegelt ab, die Opposition weiß auch kein plausibles Rezept. So wurde die Arbeitslosigkeit fast nur im Zusammenhang mit den Rechtsradikalen und den Kündigungen bei der Deutschen Bank thematisiert. Finden wir uns also schon mit der Situation ab?

Ich kann mich noch gut erinnern, wie zu Anfang der 1930er Jahre an bestimmten Marktplatzecken meiner Heimatstadt und auch in der persönlichen Umgebung meines Elternhauses die Arbeitslosen (und somit damals fast Erwerbslosen), aber nicht nur diese, auf die Regierung, die Parteien und das Parlament (die »Quasselbude«) – kurzum auf das demokratische System – geschimpft haben. Wohin sich damals die Situation entwickelt hat, ist bekannt, und in dieser Sicht hilft alles Relativieren einer Beziehung zwischen Arbeitslosigkeit und Rechtsradikalismus nichts. Läßt man das »Rechts« einfach weg, dann sollte unsere Besorgnis noch größer werden.

Einem gravierenden psychologischen Moment wird in diesem Zusammenhang zu wenig Beachtung geschenkt: Während nämlich die große Masse der Bevölkerung dabei ist, den Gürtel enger zu schnallen, baut die Prominenz – vor allem in der Wirtschaft – nach der schon im Verhältnis 1 : 1 erfolgten DM/€ -Umstellung ihrer Einkommen diesen Vorsprung weiter aus, zu Lasten der Allgemeinheit, der Arbeitslosen und der Aktionäre.

Denkt wohl mal jemand darüber nach, daß die 54 Millionen Euro für Vorstandsbezüge bei den deutschen Großbanken im Jahre 2003 dem Jahreseinkommen von etwa **1 800 Arbeitnehmern** entsprechen?

Bei jeder Diskussion über die Todesstrafe wird behauptet: »Die Todesstrafe schreckt nicht ab!«

Ist es sehr schlimm, wenn ich entgegne: »Hingerichtete können aber nie erneut Täter werden«?

Zum Tode führende Justizirrtümer schließt man dadurch aus, daß im Zweifel die Todesstrafe eben nicht ausführt wird.

Da angeblich auch andere Strafen nicht abschrecken, hier ein nettes Argument – ich glaube, es stammt von Erzbischof Dyba – für die gegenteilige Ansicht:
»Seit das Nichtanschnallen im Auto 40.– DM Buße kostet, werden die Sicherheitsgurte benutzt. Früher, ohne Bußgelddrohung, als das Nichtanschnallen also »nur« das Leben kostete, fuhren die meisten unangeschnallt.«

Wenn unsere Kommunen nicht auf das erhebliche Einkommen aus Bußgeldern usw. angewiesen wären, könnte man die Verkehrsteilnehmer rasch zur Besserung erziehen. Man sollte nur einmal – meinetwegen mit von Fall zu Fall steigender Tendenz – z.B. für zu schnelles Fahren statt 40.– oder 60.– € eben 1000.– oder 2000.– € Buße verlangen. Auch »Besserverdienende« würden sich das »Rasen« nicht länger leisten wollen, da bin ich mir ganz sicher.

***

Die oft nach Meinung von Politikern angestrebte »Luftherrschaft über den Stammtischen« ist einfaches Dummdeutsch, genauso wie die dort angeblich vorherrschenden »dumpfen Denk- und Verhaltensweisen«. Sie sind nach Meinung unserer Politiker fast so schlimm wie das »gesunde Volksempfinden«. Selbst ein »gesundes Rechtsempfinden« wurde kürzlich in meiner Zeitung angeprangert, und zwar von einem Anwalt.

Wenn man als Stammtische auch die Gesprächskreise zu Hause, im Berufsleben, im Sportverein, im Urlaub, eben überall dort, wo die ganz alltäglichen Menschen sich unterhalten können, sieht, werden am Stammtisch eben die Themen behandelt, die »das Volk« interessieren und oft genug bedrücken. An diesen Stammtischen sollte mit Recht festgestellt werden: »Wir sind das Volk!«.

In der Stadt Eutin hatte es vor einigen Jahren einen Ratsbeschluß gegeben, demzufolge in allen offiziellen Formulierungen nur noch die »weibliche Schreibweise« verwendet werden durfte. Durch diese radikalfeministische Sprache gab es dort nur noch »Eutinerinnen«, knapp die Hälfte davon waren Männer. Endlich konnte so die jahrzehntelange Benachteiligung der Frauen im Sprachgebrauch der Hauptsatzung beendet werden. Selbst aus dem damaligen Bürgermeister Gernot Grimm wurde so offiziell die Bürgermeisterin Gernot Grimm. Auch hieß es irgendwo tadelnd: »**Von den Stadtvertreterinnen sind nur 10 % Frauen.**« Dann aber erfolgte nach einer Kommunalwahl erneut eine »Geschlechtsumwandlung«, weil sich die parteilichen Machtverhältnisse geändert hatten. Aber der Bürgermeister hatte sich – wie man las – *»inzwischen an die weibliche Form* (nicht Formen) *gewöhnt und in ihr auch einen Werbegewinn für Eutin entdeckt.«*

Ich habe nun, einige Jahre später, in der Eutiner Satzung nachgelesen. Es gibt inzwischen dort wieder Männer, doch ist die Satzung sehr schwer zu lesen, weil (fast) überall beide Geschlechtsbezeichnungen

den Text unübersichtlich machen. Trotzdem hat man einige »Diskriminierungen« übersehen:
Bürgerinfo, Benutzerkennung, Mandatsträger, Mitglieder, oder kann man das alles nicht verweiblichen? Auch im städtischen Krankenhaus findet man auf der Internetseite den männlichen Arzt und die weibliche Pflegerin.
Selbst beim Genitiv hat man sich schwergetan: Bürgermeisters/in z.B.

✳✳✳

In einem Leserbrief beklagte sich ein 18 Jahre alter Auszubildender darüber, daß er als Erwachsener gilt und somit nicht mehr dem Jugendarbeitsschutzgesetz (Sie wissen, das ist das Gesetz, welches Jugendliche vor der Arbeit schützen soll) unterliegt. Er müsse nämlich in seinem Lehrbetrieb erscheinen, wenn die Berufsschule zu Ende sei. Und wann er dann eigentlich seine Hausaufgaben erledigen solle! Heutzutage wollen sich offenbar viele junge Männer und junge Frauen die mit dem jeweiligen Alter verbundenen Rechte möglichst vorteilhaft gestalten, also
– möglichst früh volljährig werden,
– möglichst früh wählen können,
– möglichst spät strafrechtlich voll verantwortlich sein,
– möglichst früh zu alt sein für die Bundeswehr
– möglichst früh in Rente gehen,
– möglichst lange zur Schule oder Hochschule gehen

und eben auch möglichst lange dem Jugendarbeitsschutzgesetz – Sie wissen schon, welches das ist – unterliegen.

✳✳✳

Trifft eigentlich die Behauptung zu, in Deutschland gäbe es 6 bis 8 Mio. Analphabeten? Sind darin auch die Kleinkinder und Säuglinge eingeschlossen?

***

Bei Tennisübertragungen im Fernsehen haben wir früher bei deutscher Beteiligung stets zunächst im Programmheft nachgelesen, welcher »Hofberichterstatter« am Werke sein würde.

***

Nach einer Umfrage zur Effizienz von Werbung im Fernsehen wurde 1998 folgendes festgestellt:
13 % der Befragten gaben an, die Werbung anzusehen
40 % wechseln den Sender
19 % suchen die Toilette auf
15 % machen Hausarbeit
13 % versorgen sich mit Speisen und Getränken und
10 % greifen zu einer Zeitschrift.
Nanu, das sind ja 110 %! Na, vielleicht lesen die 10 % ihre Zeitschrift auf der Toilette?

***

Bin ich zu dumm, um zu verstehen, warum bei heterosexuellen Paaren das Partnereinkommen auf die Zahlung von Arbeitslosengeld II angerechnet werden soll, nicht aber bei homosexuellen Partner-

schaften? Wird also doch bald die Homosexualität in Deutschland
Pflicht?

✳✳✳

Warum es Deutschland so schlecht geht?
Das Sozialgericht Saarbrücken gab in einem Hartz IV-Fall einem Arbeitslosen recht, der die Zahlung von 1 Cent Arbeitslosengeld II verlangte, um so weiter in der gesetzlichen Krankenversicherung pflichtversichert zu sein.

✳✳✳

*»Marketing ist die Kunst des sinnvollen Unterschieds, den die Kommunikation bestimmt. Die Marke ist die Kommunikation des spirituellen
Mehrwerts.«*
Mit anderen Worten: Marken repräsentieren nicht mehr Qualität,
sondern etwas »Spirituelles«.

✳✳✳

*»Läßt sich Vergnügen, Entzücken, Glück und Freude in einem Wort
zusammenfassen? Natürlich. Allerdings nicht auf Deutsch.«*
So begründet die Schokoriegelfirma MARS ihren Antrag, das Wort
»Delight« in den DUDEN aufzunehmen. »Delight soll stehen für
Vergnügen, Genuß, Freude, Entzücken«. Im Deutschen gebe es kein

144

einziges Wort für echtes Vergnügen, dazu sei unsere Muttersprache
zu »sperrig«.

Im entsprechenden Internetauftritt wird sogar eine Abstimmung ermöglicht für Befürworter und Gegner des Antrages.

Ich habe auch dagegen gestimmt, glaube aber, daß das Ganze nur ein
PR-Gag war.

***

Seit der Regierungsübernahme von Rot-Grün im Jahre 1998 vollzog sich die Beschreibung der deutschen Gesellschaft nach folgenden
Grundsätzen:

Die Arbeitslosigkeit hat die Vorgängerregierung zu verantworten, aber
wir werden sie drastisch verringern.

Die miserablen Wirtschaftsdaten hat die Vorgängerregierung zu vertreten, aber wir werden sie umgehend verbessern.

Die katastrophalen Finanzverhältnisse und die Schuldenzunahme hat
die Vorgängerregierung zu vertreten, aber wir werden in Kürze einen
ausgeglichenen Haushalt haben.

Nun, 7 Jahre später, haben sich alle diese Faktoren nicht verbessert,
sondern dramatisch verschlechtert. Dennoch werden sie mehrmals im
Jahr von der Regierung verbal geschönt. Die ganz besonderen – man
möchte sagen diplomierten – Gesundbeter sind die Herren Clement,
Eichel und Schröder.

***

Ich befürchte, daß sich unser Gesellschaftssystem nicht mehr erholt!
Es wird erwürgt von unmäßigen Gruppeninteressen, von »sozialen

Errungenschaften«, von einer überbordenden Bürokratie, aber auch von der **vierten** »**Leitebene**« für den Bürger, der **EU**.

Hierzu folgende Zahlen:

In den Wahlperioden 4 bis 14, also von 1965 bis 2002 stieg die Zahl der verabschiedeten Gesetze von 300 bis 400 pro Periode auf über 500 in den Wahlperioden 12, 13 und 14. So also sieht es mit dem oft beschworenen Abbau der Bürokratie aus, denn fast jedes neue Gesetz erzeugt neue Bürokratie!

Fast alle bürokratischen Vorgänge sollen kleinen und kleinsten Gruppen oder sogar dem Einzelnen dienlich sein. Keiner bedenkt die häufig weitreichenden Konsequenzen für die Allgemeinheit. Man sehe sich den Aufwand für die Durchführung von »Hartz IV« an.

Deutschland leidet und stirbt außerdem an Chemiefeindlichkeit, Ausstieg aus der Kernenergie, Ausstieg aus dem Bergbau, Industriefeindlichkeit, Dosenpfand, Grünem Punkt, Gelbem Sack, Baumschutzsatzungen, Friedhofsordnungen, Denkmalschutz, Gurkenkrümmungsverordnungen, Streusalzverbot, immer mehr Naturschutzparks, »Audits«, »Zertifizierungen«, »FFH« (Fauna, Flora, Habitat) und, und, und. Und alle diese Regelungen verursachen einen unübersichtlichen bürokratischen Aufwand, verhindern rasche Wirtschaftsabläufe und fördern Verhinderungsstrategien (Feldhamster und Wachtelkönig).

Das Institut für Qualität und Wirtschaftlichkeit im Gesundheitswesen (IQWIG!!) ist auch wieder so eine Arbeitsplatzbeschaffung für 53 Leute. Ebenso der verordnete Wärmepaß für Gebäude.

Das geplante Antidiskriminierungsgesetz würde den Vogel abschießen, wenn es so Gesetz würde wie Rot-Grün es möchte. Es geht wieder weit über die Vorgaben der EU hinaus, weil wir ja – wie bei Kyoto – eine »Vorreiterrolle« spielen müssen. »Wenn die anderen nicht mitziehen, müssen wir es eben im Alleingang machen« wie bei der geplanten Einführung einer Kerosinsteuer. »Notfalls im Alleingang!« lautet ein Lieblingsspruch von Herrn Trittin, Frau Höhn und Frau Künast.

»Die deutsche Trinkwasser-Verordnung ist das strengste Regelwerk für ein Lebensmittel weltweit!« Man hört förmlich die mit Stolz geschwellte Brust heraus.

(Vielleicht gibt es ja doch eines Tages den Nobelpreis für Umweltschutz – für Minister Trittin, oder was treibt den sonst so um?)

Business Improvement Districts (BID) fordern neue Zwangsabgaben vom Einheitswert der Immobilien.

Überspitzte Abfalltrennung bringt nichts, sondern vernichtet Werte und Kapital und verärgert und beschwert den Bürger, vor allem den älteren! (Haben Sie schon einmal einen vollen Papiercontainer aus dem Haus an die Straße gebracht?)

Energiegesetz, das Grundgesetz für die Energiewirtschaft, mit 4 Verordnungen und über 100 Paragraphen. Über die notwendige personelle Aufstockung der (schon vorhandenen) »Regulierungsbehörde für Telekommunikation und Post« (Bürokratie) wird man wohl nicht viel sprechen.

Ursprung des Gesetzes: EU! Ebenfalls bei der Dienstleistungsrichtlinie, um die noch gekämpft wird.

Die Online-Stellenbörse der »Bundesagentur für Arbeit« kostet nur Geld und Personal und bringt nichts, wo keine Arbeitsplätze sind, sind auch keine zu vermitteln.

Auch Schuldenmachen wird keine Konjunktur ankurbeln, obwohl einer der befragten Fachleute meinte, eine Auflage von 10 Milliarden € zum Ausgeben durch die Kommunen würde reichen, um die Binnenkonjunktur anzukurbeln und Arbeitsplätze zu schaffen. Haben denn die Jahr für Jahr aufgehäuften Schulden schon etwas bewirkt, z.B. die 80 Milliarden DM des Bundes im letzten Jahr?

Für die meisten der falschen Signale sind die Grünen verantwortlich. Kleine Parteien orientieren sich eben mehr am vermeintlichen oder tatsächlichen Wohl und Wehe von Minderheiten.

Das muß man mal für eine Weile lassen! Bis es uns wieder besser geht!

Realistische Änderungsmöglichkeit: Zahlreiche Gesetze vorübergehend außer Kraft setzen!

***

Neue Bürgergruppe:
Die »**Doppelbesserverdienenden**«!

***

Es vergeht kein Tag, an dem nicht im Wirtschaftsteil der Zeitungen oder auch an anderen Stellen Rücktritte, Entlassungen, Kündigungen, Einleitungen von staatsanwaltlichen Ermittlungen usw. von und gegen Führungspersonal der Wirtschaft gemeldet werden, die sich »mutmaßlich« etwas zu Schulden kommen ließen. Dabei handelt es sich zum großen Teil um »Peanuts« (nicht im Kopperschen Sinne), welche die Betroffenen angesichts ihrer Bezüge überhaupt nicht nötig gehabt hätten. Sind diese Manager also einfach nur dumm, dann weg mit ihnen!!!
So einer ist auch der französische Finanz-, Wirtschafts- und Industrieminister Gaymard, der sich eine 600 m²-Dienstwohnung auf Staatskosten für eine Monatsmiete von 14 000 € hatte anmieten lassen, dies dann aber leugnete und drum herum redete. Nun muß er gehen und wird über die ungerechte Welt lamentieren.
Waren dem von »Bergbauern« abstammenden Karrieristen seine Erfolge so zu Kopf gestiegen, oder war seine Ehefrau (aus sehr guter und wohl auch wohlhabender Familie) die treibende Kraft für das »bessere Leben«? Darüber ist schon mancher gestrauchelt.

***

Die Ankündigungen der Deutschen Bank AG und der Hypo-Ver-
einsbank, viele Mitarbeiter zu entlassen, haben ein sehr unterschied-
liches Echo in den Medien erzeugt. Bei der Deutschen Bank zeigte
der Daumen nach unten, bei der HVB wurde er höchsten waagerecht
gehalten. Dabei hätten Vorstand und Aufsichtsrat der Hypo-Vereins-
bank die gleiche Kritik – oder mehr – verdient wie Ackermann, vor
allem der frühere Vorstand Schmidt, der zur Belohnung für das, was
er hinterlassen hat, auch noch AR-Vorsitzender werden durfte.

✳✳✳

Offenbar wird den Managern in den USA neuerdings von ihren Ver-
waltungsräten schärfer auf die Finger gesehen. Allein im Februar 2005
sollen 100 Vorstandschefs ihre Posten verloren haben. Die Gründe für
die Jobverluste reichen von falschen Spesenabrechnungen über falsche
Strategien, »Liebe im Büro«, fragwürdige Geschäfts- und Bilanzie-
rungsverfahren bis zu eigennützigen Transaktionen und unerlaubter
Nutzung von Insiderwissen.
Die seit den großen Finanzskandalen (Enron, Worldcom) vorgeschrie-
bene größere Zahl unabhängiger Verwaltungsräte nimmt ihr Amt offenbar ernster, seit sie mit finanzieller Haftung bedroht sind.
Also, es geht doch!

✳✳✳

Die Zahl der Museen in Deutschland hat von 1992 bis 2002 zuge-
nommen von **3 615** auf **4 892**, also um **35 %**. (Haben Sie geahnt, daß
es überhaupt so viele sind?)
Die Zahl der Besucher wuchs hingegen unterproportional von

93 020 000 auf 101 219 000, d.h. um nur **9 %.** (Das sind übrigens rein schematisch gerechnet bei 300 Öffnungstagen pro Jahr **70 Besucher pro Tag und Museum.**) Nicht sehr eindrucksvoll, oder? Und fast alle erhalten öffentliche Unterstützung!

Auch das ist symptomatisch für Deutschland, mehr der Vergangenheit, als der Zukunft zugewandt. Besonders augenfällig in NRW auf der »Route Industriekultur« mit ihren technischen Relikten der industriellen Vergangenheit zu erkennen. Nun werden auch noch Museen von einzelnen Automobil-Marken eingerichtet.

Da war es natürlich nur eine Frage der Zeit, daß bei uns auch noch ein Schwulenmuseum eingerichtet (und staatlich gefördert?) werden würde. Aber wo bleibt die Gleichberechtigung der Geschlechter, also das Lesbenmuseum?

∗∗∗

Aus dem statistischen Jahrbuch eine Erklärung zur Meldepflicht von Schwangerschaftsabbrüchen:

»Aufgrund von Meldedefiziten seitens der auskunftspflichtigen Ärzte/Ärztinnen ist von einer Unterlassung unbekannten Ausmaßes auszugehen.«

∗∗∗

Es gibt Fernsehsender, die in sog. Quizshows die Zuschauer zu Telefonanrufen verlocken.

»Raten Sie, wie das aus der Buchstabenfolge H-i-e-r-e- t-a-n zu suchende Wort heißt: 2000 € sind Ihnen jetzt schon sicher, aber im Jackpot sind 30 000 € und diese Kohle muß raus!!!«

Tausende und Abertausende von schlauen Zuschauern, die das äußerst schwere Rätsel richtig raten, rufen für 1.– DM an und werden

hingehalten. Schließlich kommt in der allerletzten Sekunde – die Uhr wird gezeigt – jemand mit seinem Anruf durch und gewinnt die 2000 €, muß dann aber für den Jackpot weitere Tips abgeben, die ähnlich geringe Gewinnchancen haben wie das Lotto.
Davon leben nach meiner Kenntnis 2 Sendeanstalten. Eine davon macht bei 110 Mio. € Umsatz einen Gewinn von 28 Mio. €. Das ist eine Umsatzrendite, wie? Und auch die Telekom lacht sich ins Fäustchen!

✳✳✳

Die deutsche Post erzielt gute Gewinne aus den Briefen, mit denen um Spenden gebeten wird. Die Höhe läßt sich schlecht schätzen. Ich bekomme im Jahr schätzungsweise 50 bis 60 Stück.

✳✳✳

Die wirtschaftliche Lage Deutschlands ist auch deshalb so schlecht, weil dem Verteilen von Wohltaten mehr Gewicht beigemessen wird als dem Einfordern von Leistungen. Im »Sozialhaushalt« sind Milliardenbeträge enthalten, die eben **nicht nur für Bedürftige** bereitgestellt werden, sondern für Bürger, die sich selbst gut helfen können. Diese falsche Richtung, in die solche Wohltaten laufen, verhindert oder beeinträchtigt die Möglichkeiten, zu einer florierenden Wirtschaft zu gelangen.
Warum wird Kindergeld an alle und jeden gezahlt?
Warum erhalten arm und reich gleichermaßen Kriegsopferrenten, behinderungsbedingte Freifahrtscheine, Steuererleichterungen?
Warum erhalten auch die Kinder wohlhabender Eltern Schulbücher, Essen, und weitere Vergünstigungen, die für wirtschaftlich schwache Familien sinnvoll sind?

151

Warum werden auch (kinderlose) Doppelverdiener durch Einkommensteuersplitting begünstigt?
Diese Liste könnte man lange fortsetzen.

Die »Besserverdienenden« sollten nicht so knauserig auf die Politikereinkünfte schauen: Man muß die Abgeordneten selbst zu »Gutverdienern« machen, dann vertreten sie ja die gleichen Interessen!

Alle Deutungsversuche und Proteste gegen Vergleiche nützen nichts:
Abtreibungen bleiben Tötungen von Leben!

Im Gegensatz zu den üblichen Verhaltensweisen von Politikern, die bei Fehlern irgendeiner Art entdeckt worden sind, gesteht der Außenminister seine Fehler ein, wenn auch in »abgespeckter« Form.
Er will aber dennoch keine Konsequenzen ziehen, und nur diesem Zweck dient sein Geständnis. Er ist ja so eine ehrliche Haut!

Das Buch »Die Entdeckung der Faulheit« hat in Deutschland rasch den Platz 8 auf der Bestsellerliste gewonnen. Wen wundert es? Dennoch ist das Buch mit dieser Verbreitung Gift für unsere Gesellschaft, die ja allzu leicht glaubt, was gedruckt ist.

✳✳✳

Heute stehen die Hauptpunkte eines neuen Programms der FDP in der Zeitung:
Keine Nutzung der Gentechnik zur Überführung von Ganoven.
Verringerung des Kataloges zur Anwendung von Abhörtechnik.
Keine Speicherung der Daten von Neugeborenen.
Keine »Vorratsdatenspeicherung« durch private Dienstleister.
Keine Video-Überwachung öffentlicher Plätze.
Keine Kompetenz des BKA für vorbeugende Ermittlungen.
Mehr Resozialisierung im Strafvollzug.
Kein Versammlungsverbot wegen zu erwartender radikaler Äußerungen.
Keine Begrenzung (Vereinfachung) des Rechtsweges.
Das ist die Baum'sche FDP, mehr »Bürgerrechte« will sie, und sie wird wieder verlieren!

✳✳✳

Nun werden auch die Automarken noch den unterschiedlichen Parteigängern zugeordnet.
Wer zahlt für solche Umfrage, die Industrie oder die Parteien?

✳✳✳

Minister Schily hat den bei Politikern typischen »logischen« Schluß gezogen:
Der Mißbrauch der Visa lag nur am Botschaftspersonal in Kiew. In anderen Ländern ist nichts dergleichen passiert.
Glaubt er etwa, daß auch aus den Niederlanden, Dänemark oder Frankreich Ganoven, Schwarzarbeiter, Prostituierte usw. hätten einen Mißbrauch nutzen wollen oder sollen?

✳✳✳

Warum darf eigentlich kein im öffentlichen Leben stehender Prominenter krank sein? Es gibt immer nur »Bulletins«, die erst dann den Gesundheitszustand etwas pessimistischer sehen, wenn der Patient tot ist.

✳✳✳

Auch wir machen bald mal Urlaub in der Ukraine. Sie ist mit Hilfe der Visa-Affäre das sicherste Reiseland geworden.

✳✳✳

Zur Diskussion über die Einführung von Studiengebühren zitiere ich aus meinem Studienbuch:
»Studiengebühr 6. Fachsemester Winter-Halbjahr 1949/50:«
Aufnahmegeb.   ---
Praktik.–Beitr.   ---

Studiengeb.	*80.– Mark*
Unterrichtsgeb.	*110.– Mark*
Ersatzgeld	---
Wohlf.–Geb. und Krankenkasse	*25.– Mark*
Inst.f.Leibesüb.«	---

Wer weiß heute noch, was damals Abgaben in Höhe von
215.– Mark bedeuteten?!

✳✳✳

Aus einer Befragung von Aufsichtsräten:
*»Ich habe mich in den Aufsichtsrat wählen lassen, weil ich nicht immer
vom Staubsauger meiner Frau vertrieben werden wollte.«*
Schlußfolgerung: Was ist der Unterschied zwischen einer Hundehütte
und einem Aufsichtsrat?
Die Hundehütte ist für den Hund, der Aufsichtsrat für die Katz'.

✳✳✳

Zum Urteil in den USA, wonach Straftäter, die bei Ausübung des
Verbrechens noch minderjährig waren, nicht hingerichtet werden dür-
fen, äußerte sich auch der frühere Präsident Carter:
Wer keine Wehrpflicht leisten müsse und auch keine Zigaretten kaufen
dürfe, dürfe auch nicht hingerichtet werden.
Manchmal fragt man sich, mit welcher Logik gewisse Leute durch das
Leben gekommen sind.

✳✳✳

Fröhliche Nutznießung eines wirtschaftlichen Debakels bei der Firma
Bayer:
»Opas Häuschen wird bald frei, der Arzt verschrieb ihm Lipobay«.

Bin ich froh, daß ich nicht zu der »werberelevanten« Gruppe der
Bevölkerung (14 bis 49 Jahre alt) zähle! Ich würde Scham empfinden
angesichts des Werbe-Blödsinns, der für diesen Teil der Bevölkerung
gedacht ist!
Wenn man sich nun der Meinung der Medien anschließt, wo es heißt,
niemand gäbe Geld für Werbung aus, die sich nicht lohnt, dann
kann man nur mit großer Besorgnis in die Zukunft schauen.

Wieder ein schönes neues Wort:
»Thermische Restabfallbehandlungs- und Energieverwertungsanlage«
(TREA),
(früher Müllverbrennungsanlage.)

Es gibt einen (nicht so ganz) neuen Beruf:
Charity-Lady.
Warum gibt es noch keinen Charity-Gentleman?

***

Der deutsche Bürger sieht zur Zeit täglich 210 Minuten fern. Am Wochenende noch länger.
Ach, würde doch davon nur ein Teil in Bildung umgesetzt!

***

1556.– € pro Person werden angeblich in Deutschland jährlich für die Telekommunikation im weitesten Sinne aufgewendet.
Sind das nicht ca. 250.– DM (ich rechne immer noch am liebsten in DM) im Monat? Gehört das auch zur »neuen Armut«?

***

In Neuburg an der Donau wird der Name **Mölders** ausgelöscht. Das nach ihm benannte Geschwader darf diesen Namen nicht mehr führen. Auch eine Kaserne gleichen Namens wird umgetauft.
Ich kann mich gut erinnern, gleich nach der »Wende« im Kyffhäuserdenkmal eine Tafel gesehen und gelesen zu haben, aus welcher zu entnehmen war, daß ein <u>russischer Offizier</u> nach Kriegsende die Sprengung dieses Denkmals durch örtliche Antifaschisten und Kommunisten verhindert hat.

***

Typische Hilfeleistung für Kleinunternehmen:
Bei einem »Dienstleistungs-Wettbewerb Ruhrgebiet« wurde eine Parfümeriebesitzerin ausgezeichnet und erhielt einen Landeszuschuß von 100 000 € für eine Betriebserweiterung.

*»Ich bin eher zufällig auf dieses Projekt aufmerksam geworden. Da ich
die Erweiterung meiner Parfümerie ohnehin näher ins Auge gefaßt hatte,
erstellte ich ein Konzept und nahm an dem Wettbewerb teil.«*
So die Preisträgerin. Mitnahmeeffekt? Natürlich!

Jeweils 3 Fördermaschinen, Fördermaschinengebäude, und Schacht-
hallen werden auf dem Gelände des 1990 stillgelegten Bergwerks Rad-
bod als Museen unterhalten. Warum eigentlich gleich drei? Das umge-
bende Gelände ist in ein Industrie- und Gewerbegebiet umgewandelt
worden, allerdings nur planungsmäßig, denn tatsächlich angesiedelt
worden ist dort genau so wenig wie auf dem Gebiet des »Ökozentrums
Nordrhein-Westfalen« auf dem Gelände der 1976 stillgelegten Zeche
Sachsen.

***

Verleihung eines Zertifikates der »<u>K</u>ooperation für <u>T</u>ransparenz und
<u>Q</u>ualität im Gesundheitswesen (KTQ)«. »So viel Arbeit für das eine
Blatt«, scherzte Frau Mügge vom Deutschen Pflegerat. Und weiter:
Zwar müssen alle Krankenhäuser in diesem Jahr ein internes Quali-
tätsmanagement erbringen, das KTQ-Verfahren ist aber ein freiwil-
liges.
Und wie bekommt man das?
Das Verfahren zog sich einige Monate hin, eine Jury befragte 3 Tage
lang alle Mitarbeiter, bewertet wurden Patienten- und Mitarbeiterori-
entierung, Sicherheit, Informationswesen, Unternehmensführung und
Qualitätsmanagement.

Das meiste ist nur Schaumschlägerei. Fehlt nur noch der Begriff Netzwerk!

***

Kulturhauptstadt Europas 2010:
Etappensieger ist »Essen für das Ruhrgebiet«.
Ich glaube, es muß zunächst einmal definiert werden, was eine Kulturhauptstadt ist, oder gar was Kultur ist.
Dazu folgende Werbung mit Bild:
»Hot place to be. Come and feel.« Powered by ... (Sponsoren)

***

»Lesen Sie die Packungsbeilage, holen Sie ärztlichen Rat ein oder fragen Sie Ihre Apothekerin oder Ihren Apotheker.«
Ein großer Schritt vorwärts bei der Gleichberechtigung von Mann und Frau. Entschuldigung: Von Frau und Mann.

***

Die sprachlichen »Gleichstellungsereignisse« in Eutin waren nur ein Beispiel für die »Diskriminierungsängste« der Frauen. In einer Untersuchung über offene und versteckte Diskriminierung von Frauen in Stellenanzeigen werden sogar folgende Bezeichnungsweisen in den Texten beanstandet:
Buchhalter (m/w)
Buchhalter/in
Buchhalter/Buchhalterin

Begründet wird die Benachteiligung mit der Reihenfolge der geschlechtsspezifischen Substantive.

Eine einzige <u>nicht</u> geschlechtsneutrale Anzeige wurde aber nicht beanstandet: **Samenspender gesucht!**

✳✳✳

Gibt es (Ende 2001) wirklich 6,7 Millionen Schwerbehinderte, also solche Menschen, deren Grad der Behinderung mindestens 50 % beträgt? Die Aufwendungen hierfür beliefen sich für das Jahr 2002 bei den Rehabilitationsträgern auf 23,8 Milliarden Euro, das sind 3550.– €, also 7 000.– DM pro Person. (Ich rechne immer noch gern in der alten Währung.)

Ist das wieder einmal ein Wunder der Statistik, oder bekommt im Durchschnitt wirklich jeder 583.– DM pro Monat?

✳✳✳

Das SGB IX – Rehabilitation und Teilhabe behinderter Menschen – ist seit dem 1.7.2001 in Kraft. Hier wird der Begriff Behinderung wie folgt erläutert:

(1) Menschen sind behindert, wenn ihre körperliche Funktion, geistige Fähigkeit oder seelische Gesundheit mit hoher Wahrscheinlichkeit länger als sechs Monate von dem für das Lebensalter typischen Zustand abweichen und daher ihre Teilhabe am Leben in der Gesellschaft beeinträchtigt ist. Sie sind von Behinderung bedroht, wenn die Beeinträchtigung zu erwarten ist.

(2) Menschen sind im Sinne des Teils 2 schwerbehindert, wenn bei ihnen ein Grad der Behinderung von wenigstens 50 vorliegt und sie ihren Wohnsitz, ihren gewöhnlichen Aufenthalt oder ihre

Beschäftigung auf einem Arbeitsplatz im Sinne des §73 rechtmäßig im Geltungsbereich dieses Gesetzbuches haben.

(3) Schwerbehinderten Menschen gleichgestellt werden sollen
behinderte Menschen mit einem Grad der Behinderung von
weniger als 50, aber wenigstens 30, bei denen die übrigen Voraussetzungen des Absatzes 2 vorliegen, wenn sie infolge ihrer
Behinderung ohne die Gleichstellung einen geeigneten Arbeitsplatz im Sinne des §73 nicht erlangen oder nicht behalten können
(gleichgestellte behinderte Menschen).

Sehe ich richtig, daß also die Schwerbehinderung praktisch schon bei
30 % beginnt?

✳✳✳

»Die Deutsche Sprachwelt«, eine Zeitung des Vereins für Sprachpflege e.V., bezeichnet leitende Leute der DEGUSSA als »Corporate
Dummschwätzer«, und führt zur Begründung zahlreiche Anglizismen
aus den Unternehmensleitlinien und der Antwort des »Vice President
Corporate Branding« des Unternehmens auf die schriftliche Rüge eines Aktionärs an.

Ich hätte einen neuen Namen für die **Deutsche Gold- und Silber-
Scheide-Anstalt** (DEGUSSA):

GEGASR (**G**erman **G**old **a**nd **S**ilver **R**efinery).

Zugegeben, das ist schwer auszusprechen! Deshalb noch einen Ersatzvorschlag:

GEGASSI. (Damit ist eben nicht das Ausführen des Hundes gemeint,
nein, es ist die Abkürzung für **G**erman **G**old **a**nd **S**ilver **S**implicity.)

✳✳✳

Aus den Bedingungen meiner Gebäudeversicherung vom 08.03.2005
u.a.:
Rückstau bei Versagen der Rückhaltetechnik …
Schäden durch Hagel …
Beseitigung von Verstopfungen …

Vorschlag des (inzwischen abgewählten) Ministerpräsidenten
NRW:
Die »Exzellenzförderung der Hochschulen« solle bundesweit mit 1,4
Milliarden Euro gefördert werden.
Ist das eine Förderung von Botschaftern und Bischöfen?

Bei der automatischen Rechtschreibeprüfung eines E-Mails wurde
mir anstelle von Patienten-PC vorgeschlagen »Patienten-WC«. Das
war aber hier nicht gemeint.

$9$0 % der Bundesbürger empfinden die Gehälter der meisten Spit-
zenmanager in Deutschland gemessen an ihrer Leistung als viel zu
hoch. (Repräsentatives Umfrageergebnis von TNS Emnid im März
2005.)

✳✳✳

»Bei Zitronen ist »unbehandelt« nicht gleich »Bio«. Auch mit dem Wort »unbehandelt« gekennzeichnete Zitrusfrüchte können während des Anbaus mit Pflanzenschutzmitteln behandelt worden sein. Was also?

✳✳✳

Aus der Schrift des Bundesministeriums für Finanzen »*Das Alterseinkünftegesetz: Gerecht für Jung und Alt*«:
Welche Leibrentenprodukte können gefördert werden? Riester-Produkte werden flexibler gestaltet ... Vorsorgeprodukte ...
Was ist, bitte, ein Vorsorge- und ein Leibrentenprodukt? Aber beide sind bestimmt besser als ein Riester-Produkt?!

✳✳✳

In Anlehnung an die dänische Minderheitenpartei und deren (Beinahe)-Erfolg in Schleswig-Holstein wollen nun auch die Sorben eine eigene Partei gründen. Doch sicher mit einem Minderheitenbonus, der ihnen über die 5 %-Hürde hinweghilft!? Genau, sie haben es heute (27.3.2005) beschlossen.

✳✳✳

Kienbaum Untersuchung von März 2005:
Die Vorstandsbezüge der DAX 30-Firmen sind von 1997 bis 2003 um **103 %** gestiegen. Pro Kopf von 892 000 Euro auf 1 814 000 €. Im gleichen Zeitraum schrieben die Unternehmen **37 %** weniger Gewinne.

163

Also doch eine richtige Leistungsentlohnung!? Und eine »Umsetzung der Euro-Einführung im Maßstab 1: 1«!?

****

Überschrift:
<u>Der Eiermarkt im Umbruch!</u>
Seit dem 1.1.2004 muß jedes Ei gekennzeichnet – gestempelt – sein nach folgendem Code:
0 am Anfang steht für Ökoeier, d.h. die Henne hat nicht nur im Freiland gelebt, sondern auch Futter aus überwiegend biologischem Anbau gefressen.
1 steht für Freilandeier, d.h. das Huhn lebt in einem Stall mit Sitzstangen, Nestern und Einstreu und hat tagsüber Auslauf in einem begrünten Freigelände.
2 steht für Eier aus Bodenhaltung, d.h. bis zu 7 Hennen teilen sich einen Quadratmeter, von dem ein Drittel mit Stroh, Sand oder Torf ausgelegt sein muß. Es hat keinen Anspruch auf Spaziergänge unter freiem Himmel.
3 bedeutet schließlich, daß die Eier aus Käfighaltung stammen, in denen den Hennen nur 2/3 eines DIN A4-Blattes zusteht.
Auch bei den Eiern hat Deutschland – den Grünen sei Dank – eine Vorreiterrolle eingenommen: Während in der übrigen EU Käfighaltung bis 2011 durch »ausgestaltete Käfige« oder Kleinvolieren zu ersetzen sind, muß dies bei uns bis Ende 2006 geschehen, d.h. der Wegfall der Käfige, nicht aber deren Ersatz durch Volieren.

164

Nun haben sich auch die 23 Exekutivmitglieder der FIFA einen Schluck aus der Pulle genehmigt: Eine Verdoppelung der »Aufwandsentschädigung« auf 76 000 €/Jahr immerhin. Das deutsche Mitglied MV (muß man nicht erklären, oder?) soll sich schon vor Jahren einen antiken Schrank im Wert von 90 000 DM spendiert haben, der dann zusammen mit 3 Bildern für 228 000 DM vom DFB übernommen wurde, als MV dort Präsident wurde.

Anzeige:
»Glückszeit für Sparschweine
Thema: Krankenversicherung
*30-jähriger Mann ab ca. 75 Euro**
*30-jährige Frau ab ca. 125 Euro**
**Arbeitnehmeranteil ohne Pflegeversicherung*
Sparen Sie bis zu Euro 2 400.– und mehr im Jahr!«
Und was ist nun mit der Diskriminierung?

Die Gleichberechtigung der Geschlechter macht weitere Fortschritte – zumindest auf dem Papier, und zwar dem der statistischen Jahrbücher. **1996** hieß es noch unter der Rubrik »Versorgungswerke«:
»Einbezogen sind insbesondere Ärzte, Zahnärzte, Tierärzte, Apotheker, Rechtsanwälte und Notare, Wirtschaftsprüfer und Steuerberater, Architekten sowie Schornsteinfeger.«
2004 hieß es unter dem gleichen Stichwort – Sie ahnen es schon? Richtig, die gleichen Berufe, aber alle mit »Innen« dahinter. Aber immer

noch werden die Männer an erster Stelle genannt, das müßte dringend geändert werden (siehe die seinerzeitigen Fortschritte in Eutin).

Nach dem deutschen Waldsterben, dem zu großen oder zu kleinen Ozonloch, den zu nassen oder zu trockenen Jahren, dem drohende Untergang von Inseln und Küstenregionen, der BSE-Krise, dem Elektro-Smog, dem Glykol-Skandal, den Dioxin-Eiern – selbst im »Freilauf«, der Schweinepest, der Hühnergrippe, ….nun auch noch die »Deutschen Feinstäube«, an denen zwischen 10 000 und 65 000 Menschen pro Jahr vorzeitig sterben sollen wie es heißt.
Haben Sie eine ähnliche Aufgeregtheit in anderen Ländern Europas wahrnehmen können?
Und warum auf einmal ab Januar 2005? Bis Dezember 2004 war meine Lunge kerngesund, nun aber?
Und was machen nun die vielen Raucher? Kein Tabak mehr, kein Feinstaub mehr, oder beides?

Zynisch: Wenn Sie Angst vor Einsamkeit haben, sollten Sie nicht heiraten.

***

Da ist wieder ein Übeltäter aus dem politischen Raum »zurückgetreten worden«. Nichtsdestoweniger hat er »es« getan, *»um Schaden von meiner Partei, meinem Amt und meiner Familie abzuwenden.«*

Immer der gleiche Ärger:
Man will sich im Auto über eventuelle Staus informieren und hört den Verkehrsfunk der »Spaßsender«. Da dort aber immer Schnellsprecherwettbewerbe – vor allem der weiblichen Ansager/Innen – stattfinden, kann man die angegebenen Örtlichkeiten nicht schnell genug erfassen, um sie in eventuelle Umfahrungsabsichten umzusetzen.
Ähnlich ergeht es einem bei angerufenen Firmen mit den Angaben von Begrüßungstext, Firmennamen, Telefonnummer, Namen der Sprecherin (ich benutze die weibliche Form nicht absichtslos).

Auch Film- und andere Schauspielerinnen und Schauspieler bekamen früher Sprechunterricht, bevor sie an die Öffentlichkeit treten durften. Heutzutage nuscheln sich viele – ganz »cool« – einfach durch, statt ordentlich zu sprechen.

Besonders schlechte Pisa-Ergebnisse entstehen zumeist aus der Addition von Dummheit und Faulheit.

***

Aus einem Firmenpapier:
»Die DeTe Immobilien, Deutsche Telekom Immobilien und Service GmbH (kurz DTI) mit Sitz in Münster wurde im Jahre 2001 gegründet. Alleinige Gesellschafterin ist die Telekom. Die DTI ist das Competence Center zur Erbringung von Facility Management-Dienstleistungen, die das technische (TFM), das infrastrukturelle (IFM)Facility Management sowie das Real Estate Management mit dem kaufmännischen Facility Management (KFM) umfassen ….Hauptkunden der DTI sind Einheiten des Konzerns Deutsche Telekom AG, der seine Immobilienan- und -vermietungen in seiner Tochtergesellschaft GMG Generalmietgesellschaft mbH (kurz GMG) gebündelt hat. Die Interessen der GMG werden durch die Sireo Real Estate Management GmbH (kurz Sireo) an der die Deutsche Telekom AG beteiligt ist, wahrgenommen.«
So stellen sich Unternehmen, die das Wort Deutsch im Namen führen, im Internet dar.

***

Der Rückruf von 1,3 Millionen Fahrzeugen der Marke Mercedes Benz wird nun vom Vorstand als Teil einer Qualitätsoffensive bezeichnet.

***

Von 23 Tagesordnungspunkten für die Hauptversammlung der Deutsche Telekom AG befassen sich 12 mit »Beherrschungsverträgen« mit anderen Firmen.

***

Aus einem Brief an den Vorstand von T-Online International AG: *»… Um in diesem Fall Hilfe zu bekommen wählte ich nun die Nummern 0800 3305030, 0800 3305000, 01300190, die sämtlich auf Ihrer o.a. Auftragsbestätigung zu finden sind. Dort aber waren nur Dauermusik, »versuchen Sie es später noch einmal«, »schicken Sie uns ein Fax«, sowie weitere Telefonnummern zu erfahren, so z.B. 0800 3305500, eine weitere Faxnummer und schließlich die 0211172 4869. Da diese ja gebührenpflichtig ist, habe ich bei deren Anwahl gehofft, nun mal jemanden aus Fleisch und Blut und mit Kompetenz zu hören, aber statt dessen mußte ich vernehmen: »Diese Nummer ist vorübergehend nicht erreichbar!«. (Dies alles spielte sich, wohlgemerkt, zwischen 17 und 18 Uhr am heutigen Dienstag, dem 23.5.2000 ab.) Ich erinnere mich in diesem Zusammenhang einer früheren Erfahrung mit Ihrer »Kundenfreundlichkeit«. Dabei ging es um 2 Anfragen vom 15.10. und 6.12.1999, die trotz Anmahnung vom 15.2.2000 bei der Geschäftsleitung – also bei Ihnen – bis heute, also dem 23.5.2000, nicht beantwortet sind.«*

Nun aber ist T-Online in den Schoß der Telekom zurückgekehrt, und das heißt uns hoffen, denn T-Spirit – das neue Konzernleitbild der Deutschen Telekom verspricht ja: *»Als das führende Dienstleistungsunternehmen der Telekommunikations- und Informationstechnologie verbinden wir die Gesellschaften für eine bessere Zukunft. Mit höchster Qualität, effizient und innovativ zum Nutzen unserer Kunden. In jeder Beziehung.«*

Weiß man in der Geschäftsleitung immer noch nichts über ihren Ruf und den des Unternehmens in der Öffentlichkeit?

***

Aus einem Brief an die Deutsche Telekom AG vom 15.11.2000:
Betr.: Ihr Offer von Partnership-Management
Sehr geehrter Herr Leiter PM, da ich sehr gern im Wettbewerb um the length of my nose voraus sein möchte, bitte ich hiermit, mich mit Ihrem Knowledge- und Serviceangebot zu unterstützen. Ihr Partnership-Management ist sicherlich ganz hervorragend und dazu global aufgemacht.
Da ich jedoch nicht am Online-Forum Ihrer Berater-Homepage teilnehmen und auch nicht den Consulter-Workshop besuchen kann, wäre eine Zusendung entsprechenden advertising materials sehr wünschenswert.
Grüßen Sie bitte Ihren Vorstand in fröhlicher Erinnerung an die Verdenglischung Ihrer Rechnungen im Jahre 1998 und deren teilweiser Rückeindeutschung.

Mit freundlichen Grüßen yours sincerely

P.S. 1: Was ist ein Consulter? Ein eingedeutschter Consultant?
P.S. 2: Warum schreiben Sie sich noch Telekom?

***

Das Berliner Abgeordnetenhaus zeigt sich (April 2005) dem Ernst der allgemeinen Lage in Deutschland und in der Stadt gewachsen. Auf sein Betreiben hin soll die Grenze für Straffreiheit beim Erwerb von Cannabis von 6 g auf 10 g angehoben werden. Besitzen darf man sogar 15 g.

Solcherart sind die wirklich wichtigen Probleme in diesem Lande.

***

Die Deutschen Schutzvereinigungen für Wertpapierbesitz scheinen Ernst machen zu wollen gegen selbstherrliche und ungeeignete Vorstände und Firmenpolitik. Die DSW wird am 7. April 2005 bei Daimler der Verwaltung die Entlastung verweigern, so hieß es, »weil Schrempp seinen Laden nicht im Griff« habe. Auch dessen vorzeitige Vertragsverlängerung wird angeprangert.
Tatsächlich wurde zwar Kritik geübt, doch wurden Vorstand und Aufsichtsrat mit 94 % der Stimmen entlastet. (Dazu muß man allerdings wissen, daß hierbei Stimmenthaltungen nicht mitgezählt werden.)

***

Aus einem »fremden« Leserbrief:
»Beim Amtseid kriegt er den Mund zur religiösen Bekräftigung nicht auf, aber bei der Trauerfeier für Papst Johannes Paul II muß er in der ersten Reihe sitzen.«
Wer? Bundeskanzler Schröder natürlich!

***

Das »Vorstandsvergütungsoffenlegungsgesetz« dokumentiert ja gutes, bürokratisches Deutsch.
Inhaltlich gibt es in etwa wieder, was der »Deutsche Corporate Governance Kodex« zu diesem Thema enthält. Sprachlich zumindest ein Zwitter, wenn nicht ein »Tritter«.

Dazu noch mit einer »Opt-Out-Möglichkeit« oder »Opt-Out-Possibility«?

✻✻✻

Gebet eines Seniors

Herr, Du weißt es besser als ich, daß ich von Tag zu Tag älter und eines Tages alt sein werde.

Bewahre mich vor der Einbildung, bei jeder Gelegenheit und zu jedem Thema etwas sagen zu müssen.

Erlöse mich von der großen Leidenschaft, die Angelegenheiten anderer ordnen zu wollen.

Lehre mich, nachdenklich, aber nicht grüblerisch, hilfreich, aber nicht diktatorisch zu sein.

Bei meiner ungeheuren Ansammlung an Weisheit tut es mir zwar leid, sie nicht weiterzugeben – aber Du verstehst, Herr, daß ich mir ein paar Freunde erhalten möchte.

Lehre mich schweigen über meine Krankheiten und Beschwerden, sie nehmen zu – und die Lust, sie zu beschreiben, wächst von Jahr zu Jahr.

Ich wage nicht, die Gabe zu erflehen, mir Krankheitsschilderungen anderer mit Freude anzuhören, aber lehre mich, sie geduldig zu ertragen.

Ich wage auch nicht, um ein besseres Gedächtnis zu bitten – nur um etwas mehr Bescheidenheit und etwas weniger Bestimmtheit, wenn mein Gedächtnis nicht mit dem der anderen übereinstimmt.

Lehre mich die wunderbare Weisheit, daß auch ich mich irren kann.

Erhalte mich so liebenswert wie möglich. Ich weiß, daß ich nicht unbedingt ein Heiliger bin, aber ein alter Griesgram ist das Krönungswerk des Teufels.

Lehre mich, an anderen Menschen unerwartete Talente zu entdecken,
und verleihe mir, Herr, die schöne Gabe, sie auch zu erwähnen.

Theresia von Avila (1515-1582)

***

Der Leiter des Münchner Instituts für Wirtschaftsforschung (ifo),
Prof. Hans-Werner Sinn, zur Aufweichung des Stabilitätspaktes:
*»Es ist immer dieselbe Leier: Die herrschende Regierung versucht, sich zu
verschulden, um künftigen Regierungen und späteren Generationen die
Lasten aufzuerlegen, damit im Moment die Bürger glücklich sind.«*

***

Aus einer Informationsschrift des hessischen Lehrerverbandes:
*»Besteht ein Personalrat aus einer Person, erübrigt sich die Trennung nach
Geschlechtern.«*

***

Und noch etwas Besorgniserregendes aus dem Hause BUND:
*»Von wegen ungetrübtes Still-Idyll: In der Muttermilch lassen sich über
300 Chemikalien nachweisen.«*
Kein Wunder also, daß keiner mehr Kinder zeugen und säugen will!

***

In der Zeitschrift »direkt« des Forums T-Aktie werden der Wert der

Telekomaktie mit 28,31 € (am 15.4.2005) und der von T-Online mit 14,71 € (am 15.4.2005) angegeben.

Diese optimistischen Angaben sind in normaler Schrift zu lesen. Weiter unten heißt es dann:

Diese Mitteilung enthält bestimmte in die Zukunft gerichtete Aussagen, die auf den gegenwärtigen Annahmen und Prognosen der Unternehmensleitung der Deutschen Telekom AG beruhen. Verschiedene bekannte wie auch unbekannte Risiken, Ungewißheiten und andere Faktoren können dazu führen, daß die tatsächlichen Ergebnisse einschließlich der Finanzlage und der Profitabilität der Deutschen Telekom AG wesentlich von den hier gegebenen Einschätzungen abweichen.

Hierzu 3 Fragen:

    1. Warum Optimismus groß?

    2. Warum Risiken klein?

    3. Was hat vor dem Absturz der Telekom-Aktien vor 5 Jahren der Vorstand damals geschrieben?

In der gleichen Ausgabe von »direkt«:

Nach Vorstellung der »Kernelemente« des »Excellence Program« – natürlich denglisch – heißt es:

»Alle zahlen auf das übergeordnete Ziel ein:
nämlich ‚Excellence vor dem Kunden' in den Mittelpunkt allen Handelns
zu stellen.«

Weiß die Unternehmensleitung eigentlich nicht, in welch großem Maße gerade die Deutsche Telekom an dem Begriff »Servicewüste Deutschland« beteiligt ist?

Übrigens:

Mein Rechtschreibeprogramm (Deutsch, alte Rechtschreibung) hat mir in diesem kurzen Text 4 Wörter rot (= falsch) unterstrichen.

Das 16jährige Mädchen erfährt bei der Ärztin, daß es schwanger ist. Sie soll in einer Woche noch einmal in die Sprechstunde kommen. Nun wird sie befragt, was denn der werdende Vater dazu gesagt hätte.
Antwort: Den konnte ich noch nicht erreichen, weil er kein Handy hat.

✳✳✳

Das Alter hat auch manche – unverhofft – günstigen Nebenwirkungen. Man selbst – oder die Umgebung – leidet nicht mehr so oft unter Mundgeruch. Da solcher meistens von kariösen Zähnen herrührt, leuchtet das ein.

✳✳✳

Die jährliche Aufführung des »Jedermann« vor dem Salzburger Dom ist gefährdet: Das Stück soll nur noch alle zwei Jahre aufgeführt werden. In den Jahren dazwischen gibt es »Jederfrau«. (Oder »Jedefrau«?)

✳✳✳

Anzeige:
«Schwer verständliches Buch über Empfängnisverhütung zu tauschen gesucht gegen gebrauchten Kinderwagen.»

✳✳✳

175

Anzeige: *»Welcher reiche Mann möchte glücklich in den Armen einer attraktiven Frau sterben?«*

***

Zu den Salzburger Festspielen 2005:

<u>Die Tödin und der Jederbi</u>
Ein jeder will den Jedermann
auf seine Weise prägen:
Wie legt man's aus, wie legt man's an –
wie kann man Leute legen?

Der Autor – pah, nicht von Belang,
das Publikum – Banausen!
Drum wird die Narrenfreiheit Zwang
zu ständig neuen Flausen.

Doch heuer scheint's wie ein Kotau:
Hat nicht in Salzburg eben
der Landeshauptmann einer Frau
die Herrschaft übergeben?

So muß es auch vorm Dome sein,
für alle exemplarisch:
Es schreitet eine Tödin ein
am Tatort – kommissarisch.

Im Jahr darauf – ihr ratet recht -
gilt's wieder was zu drechseln:

Fürs Schauspiel müssen das Geschlecht
gar Gott und Teufel wechseln.

Beim übernächsten Male zeigt
die Buhlschaft man als männlich,
dem Jederknaben zugeneigt,
und beide unzertrennlich.

Nur stellt euch vor, es fragt einmal
ein Kind die Kuratoren:
Was hat denn bloß der Hofmannsthal
am Titelblatt verloren?

(Aus: **Preußische Allgemeine Zeitung** v.30. Juli 2005.)

$$* * *$$

In einem Zeitungsbericht mit der Überschrift »Kaltblütig und grausam« wird das Urteil gegen einen – mindestens – fünffachen Mörder sowie die Gründe beschrieben, warum der Täter zwar »Lebenslänglich« bekam, aber eine besondere Schwere der Taten nicht angenommen wurde. Es hieß dort unter anderem:
»Entgegen der Forderung des Staatsanwaltes erkannte die 3. Strafkammer jedoch nicht auf eine besondere Schwere der Schuld …Damit könnte Neufeld (der Täter) nach 15 Jahren freikommen.«
Sehen wir doch mal, was – jedenfalls nach diesem Artikel – das Gericht selbst feststellte:
»Er (der Täter) sei eine Person, die fast schon Kriminalgeschichte geschrieben habe. Wann gab es einen so jungen Mann, der so viele Morde begangen hat?«

»Er hat 5 wehrlose Menschen ohne Anzeichen von Gefühlen nach teilweisem stundenlangem Martyrium hingerichtet.«
»Der Vorsitzende Richter schloß nicht aus, daß N. noch mehr Morde auf dem Gewissen hat.«
»Ihm ist jeglicher Respekt vor dem Leben abhanden gekommen.«
»Über die Kaltblütigkeit des Angeklagten war der Richter verblüfft.«
»Die (Täter)-Gruppe ist ein Sinnbild für Grausamkeit.«
»In diesen Fällen sprach Richter K. von Taten, wie man sie sich schlimmer kaum vorstellen könne.«
Ich frage mich nun, ob ich den Sinn der deutschen Sprache vielleicht nicht mehr richtig einordnen kann. Was verstehen also diese Richter unter der besonderen Schwere einer Schuld?

✳✳✳

Aus einer Weinbeschreibung in einem Katalog: *»Er beeindruckt mit einem überwältigenden Bouquet, das Nuancen von Stachelbeeren, Johannisbeeren, tropischen Früchten, Paprika und Zitrusfrüchten zum Verzaubern bereit hält.«*
Ich dachte immer, Wein sollte auch ein wenig nach Wein schmecken.

✳✳✳

Dem Wahlplakat der Grünen bei der NRW-Wahl »Safer Shoppen« folgend, wollte ich das tun, konnte aber nirgendwo Safer bekommen.

Früher wurde auf den Autobahnen immer mit BMWs gerast. Sie wurden inzwischen von den Autos mit den vier Ringen abgelöst.

✳✳✳

Mit großem Interesse verfolge ich das Geschehen im Einwirkungsbereich der »Heuschrecken«. Da wird ja oft entschuldigend gesagt, diese **investierten** doch schließlich in Deutschland.
Ich habe Investitionen bisher immer als Mitteleinsatz zur Schaffung von Arbeitsplätzen angesehen, nicht aber als einfachen Einkauf von Firmen, Menschen und Sachen. Ganz zu schweigen von der folgenden »Behandlung« derselben.

✳✳✳

Aus einer Umfrage: 70 % der befragten Erwachsenen sind für die Einführung einer »Millionärssteuer«, 27 % sind dagegen. Da kann man sehen, wie viele Millionäre es bei uns gibt!

✳✳✳

Nun soll es Gesetz werden, die Angabe der Bezüge von Managern börsennotierter Unternehmen! Dennoch habe ich immer noch das Gefühl, als wenn es denen nicht so recht paßt. Ich hätte mit der Angabe meiner Rente gar keine Probleme!

✳✳✳

179

Auch bei künftigen Wahlen werden Kondome verteilt, damit sich die Wähler nicht vermehren.

***

Gedanken beim Kurkonzert angesichts des Alters der Zuhörer:
»In 10 oder 15 Jahren werden Aufstände von Senioren wegen Rentenkürzungen niedergekrüppelt.«

***

Beim Älterwerden stellt man Gewichtsabnahmen häufiger am Sitz der Zahnprothesen fest als auf der Waage.

***

Bei einem Eignungstest der Tischlerinnung für das Zimmermannshandwerk für 49 Zehntkläßler aus Haupt-, Gesamt- und Realschulen ergaben sich folgende Noten:

Einmal	sehr gut
neunmal	befriedigend
achtzehnmal	ausreichend
zwanzigmal	mangelhaft
einmal	ungenügend

Geantwortet sollte werden auf so »schwere« Fragen wie:
»Wer wählt den Bundeskanzler?«
»Ein Gabelstapler darf 1 540 kg heben. Wieviel Tonnen sind das?«
»Eine Stichsäge kostet inklusive 16 % Mehrwertsteuer 120 €. Wie hoch ist die Mehrwertsteuer?«

Man möchte den Katalog ergänzen mit der Frage:
»Wie viele Beine muß ein Tisch mindestens haben?«

Schlußworte

Bei Erreichen von 180 Seiten muß ich mir nun klar werden, ob es nicht hiermit zunächst sein Bewenden haben sollte.
Das Wort »zunächst« soll zeigen, daß man praktisch ein Buch solchen Inhalts solange fortführen kann wie derartiges, was hier beschrieben wurde, geschieht, und das heißt:

Bis in alle Ewigkeit!

Dann aber liegt der Gedanke doch näher, zunächst einmal ein Ende zu finden und die weitere Entwicklung der Dinge an sich herankommen zu lassen. Vielleicht kann man ja später noch einmal …
Die Befassung mit gesellschaftlichen Problemen oder deren Darstellung in den Medien hat bei mir häufig zu Enttäuschungen und zu Verärgerung über Stichwortgeber und Wortführer geführt. Sowohl das eingangs erwähnte »Leserbriefbuch« als auch das vorliegende Büchlein sind als Versuch zu sehen, den Leser zu ermuntern, sich ebenfalls aufmerksam und kritisch mit dem Geschehen in unserem Lande zu befassen und sich lautstark zu äußern, wo es auch immer möglich ist. Das Ergebnis der letzten Bundestagswahl hat gezeigt, daß **»die da oben«** nicht unbedingt wissen oder wissen wollen, was den Bürger (»den Stammtisch«) wirklich beschäftigt.
Meine Hoffnung geht nun dahin, beim Leser auf ähnliche Urteile, Empfindungen und Gefühle aus dessen eigenem Lebensalltag zu treffen. Das würde auch mir selbst Gewißheit geben, zumindest mitten in meiner Generation zu stehen und nicht – wie im Gebet eines Seniors, siehe Seite 172 – befürchten zu müssen, ein krasser Einzelgänger oder gar ein Gries-Grämiger-Grufti (schöner Stabreim!) zu sein.
Da persönliche Ansichten – zumal wenn sie mit ätzender Ironie vorge-

tragen werden – jedoch auch bei Gleichaltrigen Betroffenheit auslösen
können, will ich mich vorsichtshalber bei solchen Lesern entschuldigen
mit der Bemerkung, daß dies durchaus beabsichtigt gewesen ist.

Ende